大家小书·译馆

Birds and Mammals

鸟与兽

[英] 哈德生　著

李霁野　刘文贞　译

北 京 出 版 集 团
北 京 出 版 社

图书在版编目（CIP）数据

鸟与兽 / （英）哈德生著；李霁野，刘文贞译. —
北京：北京出版社，2023.9
（大家小书．译馆）
ISBN 978-7-200-12700-3

Ⅰ. ①鸟… Ⅱ. ①哈… ②李… ③刘 Ⅲ. ①散文集
—英国—现代 Ⅳ. ① I561.65

中国版本图书馆 CIP 数据核字（2016）第 313621 号

总 策 划：高立志 王忠波　　　　责任营销：猫　娘
责任编辑：王忠波 邓雪梅　　　　装帧设计：吉　辰
责任印制：陈冬梅

　·大家小书·译馆·

鸟与兽
NIAO YU SHOU
[英]哈德生　著　李霁野　刘文贞　译

出　　版　北京出版集团
　　　　　北 京 出 版 社
地　　址　北京北三环中路 6 号
邮　　编　100120
网　　址　www.bph.com.cn
总 发 行　北京出版集团
印　　刷　北京华联印刷有限公司
经　　销　新华书店
开　　本　880 毫米 ×1230 毫米　1/32
印　　张　6.875
字　　数　135 千字
版　　次　2023 年 9 月第 1 版
印　　次　2023 年 9 月第 1 次印刷
书　　号　ISBN 978-7-200-12700-3
定　　价　45.00 元

如有印装质量问题，由本社负责调换
质量监督电话　010-58572393

总　序

　　"大家小书"自2002年首辑出版以来，已经十五年了。袁行霈先生在"大家小书"总序中开宗明义："所谓'大家'，包括两方面的含义：一、书的作者是大家；二、书是写给大家看的，是大家的读物。所谓'小书'者，只是就其篇幅而言，篇幅显得小一些罢了。若论学术性则不但不轻，有些倒是相当重。"

　　截至目前，"大家小书"品种逾百，已经积累了不错的口碑，培养起不少忠实的读者。好的读者，促进更多的好书出版。我们若仔细缕其书目，会发现这些书在内容上基本都属于中国传统文化的范畴。其实，符合"大家小书"选材标准的非汉语写作着实不少，是不是也该哀辑起来呢？

现代的中国人早已生活在八面来风的世界里，各种外来文化已经浸润在我们的日常生活中。为了更好地理解现实以及未来，非汉语写作的作品自然应该增添进来。读书的感觉毕竟不同。读书让我们沉静下来思考和体味。我们和大家一样很享受在阅读中增加我们的新知，体会丰富的世界。即使产生新的疑惑，也是一种收获，因为好奇会让我们去探索。

"大家小书"的这个新系列冠名为"译馆"，有些拿来主义的意思。首先作者未必都来自美英法德诸大国，大家也应该倾听日本、印度等我们的近邻如何想如何说，也应该看看拉美和非洲学者对文明的思考。也就是说无论东西南北，凡具有专业学术素养的真诚的学者，努力向我们传达富有启发性的可靠知识都在"译馆"搜罗之列。

"译馆"既然列于"大家小书"大套系之下，当然遵守袁先生的定义："大家写给大家看的小册子"，但因为是非汉语写作，所以这里有一个翻译的问题。诚如"大家小书"努力给大家阅读和研究提供一个可靠的版本，"译馆"也努力给读者提供一个相对周至的译本。

对于一个人来说，不断通过文字承载的知识来丰富自己是必要的。我们不可将知识和智慧强分古今中外，阅读的关键是作为寻求真知的主体理解了多少，又将多少化之于行。所以当下的社科前沿和已经影响了几代人成长的经典小册子也都在"大家小书·译馆"搜罗之列。

总之，这是一个开放的平台，希望在车上飞机上、在茶馆咖啡馆等待或旅行的间隙，大家能够掏出来即时阅读，没有压力，在轻松的文字中增长新的识见，哪怕聊补一种审美的情趣也好，反正时间是在怡然欣悦中流逝的；时间流逝之后，读者心底还多少留下些余味。

刘北成

2017 年 1 月 24 日

哈德生的生活和作品

　　威廉·亨利·哈德生（William Henry Hudson）是英国的博物学作家，他固然也写过很好的小说，但主要作品是博物学方面的散文。他的祖父原是英国德文郡（Devonshire）靠近埃克塞特（Exeter）一个地方的人，祖母是爱尔兰血统。他们移民到南美洲。1804 年 5 月 1 日他们的儿子丹尼尔·哈德生（Daniel Hudson）在马萨诸塞（Massachusetts）的马布尔黑德（Marblehead）出世。乘"五月花号"轮船的移民者后代卡罗琳·奥古斯塔·金布尔（Caroline Augusta Kimble）是 1804 年10 月 10 日在缅因（Maine）的贝里克（Berwick）出生的。以后丹尼尔同卡罗琳结了婚。

　　结婚之后，年轻的丹尼尔在一个酿酒厂工作。他跌伤了背，受结核病威胁。他决定到天气较温和的地区，在南方大平原做农民。丹尼尔于 1837 年 4 月在那里买了一所小房，瓦顶砖建，有 3 间屋。房子附近有 25 棵高大的树，树名 Ombus[1]，生长快，海绵质，叶密色鲜，寿命长。远近都称这所小房为"25 株树"。到此以前，他们已经生了两个儿子，3 岁的丹尼尔是在阿根廷出生的，还有一岁的爱德文（Edwin）。1839 年生了女儿卡罗琳·路易莎（Caroline Louisa）。1841 年 8 月 4 日，他们的第三个儿子出生，在布宜诺斯艾利斯（Buenos Aires）[2]受洗命名为威廉·亨利，这就是我们的作家。以后几年他们又生了第四个儿子艾伯特·梅里亚姆（Albert Merriam）和另一个女儿玛丽·埃伦（Mary Ellen）。

在这个拥挤的家庭中，未来的作家哈德生度过了童年的前 5 岁。保留在他记忆中的最亲切印象，是母亲日落时坐在房前，书放在衣兜里，微笑着看儿女们在绿草坪上游戏。他们有时跑下屋后通到一条河流的青草斜坡，一面呼吸着大地的浓郁香味，一面欢呼他们家所养的牛羊群黄昏归来，哞哞咩咩叫着，牧人挥鞭在后面骑马追随，留下的印象也极愉快。一匹跛足的护羊狗，全家喜爱，是儿童们的玩物。哈德生 4 岁时骑在它背上练习骑术，跌下来摔断了腿。他还能记得的另一个人物是一个流浪的隐士，不知为了什么罪过，背着重物作为对自己的惩罚。他身材高大，性情温和，为孩子们带来小糖果，并带

1　即翁希树。——编者注
2　布宜诺斯艾利斯是阿根廷的首都。

他们去钓鱼，哈德生把他看成英雄人物。

哈德生全家要移居到新的住处，冬季穿过平原也留下清楚的印象。新居离布宜诺斯艾利斯有 100 多英里[1]，丹尼尔以养羊为主，还开了一个杂货铺。居民以羊毛、兽皮、农产品换取家用物品和布匹等。新居是一所砖瓦建筑，已经破旧，周围有厨房、面包房、谷仓等，又脏又乱，到处是害虫、跳蚤、蛇、蜘蛛和成群的大老鼠。卡罗琳努力使之整洁可住。

这里夏季可以生产丰富的瓜果菜蔬。可以泡腌或做成果脯，紧接着是干旱季节，随着又是暴风雨天气，雷电惊人。洪水成灾，大冰雹可以打死小孩或羊只。周围是野蛮的，时有内战。父亲尽力谋生，母亲尽力安排家事，但是孩子们渐渐长大，不能不意识到贫穷和缺乏教育。

哈德生却在这里度过了 6 岁到 15 岁最幸福的童年。他的父亲很勇敢，但有时过度勇敢到使人害怕担心。有一次大平原上发生了可怕的雷雨。他站在令人头晕目眩的高处，手持望远镜，寻找失去的马匹。在 1852 年一次叛乱中，一群败退的兵士问他索要马匹，他不仅未听邻人警告在家里采取任何防御措施，却冷然微笑着对形同土匪的兵士们说，他没有马。这是很有立时被枪杀危险的。但兵士们看他这样，以为必有应付他们的准备，便不声不响走开了。他的儿子说他具有"有光彩的缺点"，倒是很适当的评价。

1　英制长度单位。1 英里等于 1609 米。——编者注

哈德生的母亲虔信宗教，但对人慷慨热忱。她旧居的邻人都爱她并信任她，认为"她是我们所有人的母亲"。

这双父母使孩子们有欢笑，有自由，对他们很不同的性格有同情，使他们在不断流血的残酷环境中，有一种可贵的安全感。

哈德生这时6岁了，有了自己的马驹，可以在草原上随意驰骋，纵目瞭望远处的地平线，或仰头观看碧蓝的天空。这是一个充满美，也充满恐怖的新奇世界。因为这里有可以危害儿童生命的毒蛇和蜘蛛。儿童从保姆或母亲学到的第一个字总是"Ku-Ku"（危险）。但是哈德生除像土著的儿童一样，学点避免危险的常识之外，却自己过着秘密的博物学家的生活。

对于一个博物学家来说，这个未大开辟的地区确是一个很好的环境。大平原的草在雨后显得碧绿，大地和草叶都发出甜蜜的香味使人沉醉。并无茂林，但每到8月，桃树盛开玫瑰红色花朵，下面是青色草地，上面是碧蓝天空。成千上万的黄色金翅雀在树枝间放喉歌唱。有的树奇形怪状，有的树投下浓厚的阴影。一棵柳树吸引他去观察铗尾鸟同鹰搏斗。一丛白杨吸引他去看金黄色的金丝雀筑巢。有的树叶色发白，吸引他去看树叶在月光中颤抖。有一棵他所喜爱的大柳树上有游隼筑巢，他攀上高枝，极愿生长翅膀像海鸥一样飞舞。因为他热爱鸟，这种愿望是很自然的。鸟的鸣声，它们在天空和林间欢快生活，它们的颜色和翅膀发出的声音，使他心里充满喜悦。多种候鸟也引起他的浓厚兴趣。

哈德生的兴趣也常被蛇所吸引，特别是一条未见过的 6 英尺[1] 长的黑蛇。有一次他在细心观察一群蝙蝠的时候，这个久未见的黑蛇从他脚背上缓缓爬过去，一上来的厌恶恐惧过去，他终生留下这样的感情：蛇并没有伤害他，因为他观察它时怀着敬重的温情，并无意杀害它。

童年第一次到布宜诺斯艾利斯，河边洗衣的妇女，街上的警察，车轮马蹄的喧闹声自然都引起他的兴趣。在他上教堂楼梯时，首次听到管弦乐，使他深深受到感动。但这时最使他受影响、感到痛苦而且终生难忘的事，是全家喜爱的一匹老狗的死亡。儿童们看着它被埋在一棵桃树下面。他们的老师对他们发议论："这是终场。每匹狗都活一段时间。每个人也一样；终场是一样的。我们像老狗一样死亡，被放进地里，铲土埋上。"这些话使哈德生首次知道什么是"灭亡"，他很苦痛恐怖。他向他母亲请教，她也只能用宗教的信念给他暂时的安慰。天天见到周围土著宰杀牲畜，一个照顾弟妹的年轻美丽姑娘的死，更使他的恐怖痛苦加深了。这是因为他热爱生活和大自然的美。

在哈德生的童年，父母曾经有 3 次试着为孩子们找适宜的教师。一个是中年的英国人，他喜欢舒适的生活、文雅的谈吐和书籍。哈德生家对他再好不过了。他做过演员，每晚对全家朗读狄更斯，能表演出每个角色的特点。有一次他化装成一个

1　英制长度单位。1 英尺等于 30.48 厘米。——编者注

苏格兰老妇人，同孩子们同桌喝茶，信口胡扯，竟未被识破。但在学屋里他却是一个暴君。一次他用马鞭抽打儿童，哈德生的父母立刻将他辞退了。孩子们的母亲教了他们一段时间。

第二位教师是爱尔兰的牧师，性情倒很温和，但懒散无知。第三位是个活泼的青年人，略懂科学和数学，并善拳术，但因酗酒，不久也就离开了。布宜诺斯艾利斯的学校宿舍拥挤，极不卫生，又无钱到更远的地方求学，对于儿童的教育也只好放弃了。

哈德生从 7 岁起就很希望背一支枪猎鸟，这时一位家庭的老友给了他一套画，他用它从爱德文处换来一支枪，他心满意足。一直到他离开南美，他都喜欢猎鸟。这同他以后的习惯成为鲜明的对照。

哈德生的家庭情况日渐艰窘，但 14 岁的孩子并不为此忧虑。他若想到将来的话，也只担心美丽幸福的童年岁月即将过去，他必须像其他人一样谋生。

布宜诺斯艾利斯那时候没有自来水和下水道，周围天天屠宰很多牛羊，遍地血污，到处是兽骨，因此斑疹伤寒、霍乱、黄热病时有流行。哈德生在那里传染上斑疹伤寒回家病倒，骨瘦如柴，几乎丧生，幸而母亲护理得好，几个月后能坐在春日的阳光中享受花香鸟语了。他想，能日复一日享受大自然赋予的一切就好了。但是他已经 15 岁，不能不想到将来谋生的问题了。这时他读书很少，什么也没有写过。受一幅画启发，他想做一个画家，没有实现。他喜欢同画家交朋友，喜欢在书信中画速写。通常画的是鸟。他家里有三四百本藏书，他特别喜欢两本关于鸟的小册子。他发现像风景画家一样，诗人也欣赏大自然，偶然在书中发现几行描写自然风光的诗，他非常高兴。一天他在布宜诺斯艾利斯旧书店发现了汤姆生（James Thomson）的《四季》（*Seasons*），欢喜若狂。以后他又在旧书铺里发现了布卢姆菲尔德（Robert Bloomfield）的《农民的孩子》（*Farmer's Boy*），使他了解了英格兰乡村的景物和生活，对英格兰发生了感情。哈德生对这些次要的诗人怀着衷心的感谢，以后在不列颠博物馆阅览室，他读了很多童年读不到的英国诗人名著。

在哈德生 15 岁时，一位家庭老友对他喜欢观察鸟类很感兴趣，从伦敦给他带来了一本书：吉尔伯特·怀特（Gilbert White）的《塞尔伯恩自然史》（*Natural History of Selborne*）。这本书给了他极大的启发与鼓舞，他首次得到了可以欣赏他的知己，肯定了他自己的生活道路，并开始写日记，记载他的所见所闻和每日的天气。

这时他的家庭发生了一件不幸的事：10 年前他父亲买来加以修整的房子未办房契，结果被人胜诉夺去了，全家只好迁回那所有 25 棵树的老屋。他父亲除牧场之外还开了一间小杂货铺，儿子们做他的助手。哈德生重病过的身体这时又高又瘦，但他勉力从事体力不能胜任的劳动。一次从远处牧场赶一群牲口回家，风雨交加，全身湿透，又冷又累，结果发风湿病，严重影响了他的心脏，医生认为救治无望，随时可以死亡。这正在他刚要成年，刻苦学习，天赋发展的时期。旧时对死亡的恐怖与目前的绝望结合，使他的身心感到难以忍受的痛苦。宗教也很难使他得到安慰。他的母亲尽管同情关怀，也无能为力。在哈德生 18 岁生日之后两个月，1859 年 10 月 4 日，他的母亲去世了，她的最后遗言就是：留下他身疲心乱，单独挣扎，她很伤心。

人的身心是互相影响的，心脏病稍好时，他的心境也平静一些。20 岁时，他有失明的危险，不得不放弃阅读。以后鼓起勇气试验，骑马和散步并不使心脏病更坏，他便慢慢恢复旧时的习惯，开始探险的漫游生活，这习惯他以后持续了多年。

哈德生早年是怀着诗人的欢乐观察并在大自然中生活的，渐渐他希望成一个专门的博物学家，在他所居国度的鸟类方面成为一个权威。受了怀特的影响，他开始写博物学家日记，一直延续未断。他又开始做鸟类收集者，这对他以后的写作是很有益处的。

哈德生 24 岁时，美国驻布宜诺斯艾利斯的领事赫尔帕 (Hinton Rowan Helper) 写信给贝尔德博士 (Dr. Spenoer Fulle-rton Baird)，介绍哈德生，说他是业余禽学家，愿意做收集鸟类的工作。1866 年 9 月 5 日，哈德生给贝尔德写了他人生中的第一封信。当年华盛顿一个博物馆的报告中就有了这样的记载："在南美考察布宜诺斯艾利斯的 W. H. 哈德生君送来收集的标本。"哈德生为贝尔德送去 123 张剥制的鸟皮，有 14 种鸟是以前没有记录过的。

哈德生梦想发现一个新种，"像歪脖啄木鸟 …… 一样美丽，像地球一样古老。但是从未命名，从没有人看见过。"他以为送给贝尔德的一种鸟可以实现他的希望，但是几个月前，这种鸟已经被一位美国禽学家命名了。他的希望却是在巴塔哥尼亚（Patagonia）实现了：有一种鸟是以他的名字命名的——*Enipolegut Hudsoni*。

1868 年 1 月 14 日，哈德生的父亲去世了，终年 64 岁。个人的悲痛与出生国度遭受的长期战争灾难，迫使哈德生要寻求新的世界。他的猎鸟工作停止了一个短时期，但他对这项工作的兴趣仍然是浓厚的，他的生活同时也开始了新的一章。哈德生所收集的鸟，曾经送给伦敦两位禽学家：斯克莱特（Sclater）和萨尔温（Salvin）。他们的研究报告于 1868 年 2 月在《伦敦动物学会会议记录》上发表，题目是：《威廉·亨利·哈德生在阿根廷共和国康齐塔司（Conchitas）收集的鸟》。这是哈德生的名字首次在英国刊物上出现。

在以后两年中，哈德生同伦敦动物学会的联系加强了。他为学会送去了 143 种鸟，有许多是欧洲禽学家不知道的。他并给斯克莱特写信，询问记载鸟的习惯是否对博物学家有意义，斯克莱特复信欢迎他这样做。他们的通信于 1870 年和 1871 年在《伦敦动物学会会议记录》上发表了。哈德生的信有怀特的《塞尔伯恩自然史》的优点：观察热心专注，叙述简明扼要。他绝不为一种理论歪曲事实。

哈德生常离家住到布宜诺斯艾利斯的朋友家里，一次暴风雨使朋友的房屋被淹，哈德生所收集的全部鸟皮都损失了，几乎20年的工作化为乌有。但是他并不绝望，还决心到巴塔哥尼亚去研究候鸟。哈德生的宏大计划虽然没有完全实现，但还是有所收获，记载了一种以他的名字命名的鸟，并看到一群火烈鸟，其中最大最美的一只被他猎获了，深红色和玫瑰色掺杂浅红透白的羽毛极为美丽。他写了《谈巴塔哥尼亚黑人河的鸟》寄给斯克莱特，1872年4月在伦敦动物学会的会刊上发表了。哈德生在一封信中说，他一共遇到了126种鸟，其中33种只在巴塔哥尼亚才有。有一种鸟又以哈德生的名字命名，他也得到动物学会通信会员的光荣称号。这篇文章对于鸟歌鸟声描写得非常奇妙。哈德生又为会刊写了一篇谈燕子的长文。在以后3年中，哈德生又为会刊写了几篇文章。这时他觉得，作为博物学家，他可以在一心向往的英格兰立足了。1874年4月1日，他离开出生的国度，坐轮船前往英格兰。

经过一个多月航程到达英格兰海岸之后，因为靠近怀特的故乡，他急于观察鸟类，但是没有人能告诉他所看到听到的是什么鸟。英国南安普敦（Southampton）乡村风光并没有使他失望。在一个南美朋友家里稍住之后，他到伦敦去谋生。

到伦敦的第二天，他走到一片树林，树高100多米，密密丛生，仿佛不是人工种植的。成群的乌鸦互斗或在树顶上飞翔，这给他留下深刻的印象。但谋生的事很不顺利，他为一个破产的考古学家做了一段时间秘书，分文薪水也没有得到，他愤怒地朝考古学家脸上扔去一卷纸，离开了。

虽然作为博物学家和作家，哈德生已经度过了学徒期，但他在英格兰仍然没有立足点。英格兰已经使他从一个大平原活跃的驰骋骑士，变为蓄着髭须、身材高大的温和巨人，脖子上挂着望远镜，安安静静地骑着脚踏车，行遍多处英格兰乡间多尘的小径。这种变化他是不喜欢的。南美大平原和布宜诺斯艾利斯的经验时时在他的心头闪现，在他眼前展开了两条生活道路：写作并研究保护野生动物。

他的第一部长篇小说是《拉尔夫·赫尼》（Ralph Herne），描写 1872 年布宜诺斯艾利斯黄热病流行时，一个医生的生活。作品很不成熟，1888 年才在《青春》杂志上分期发表。他第二次试写的是《兰姆家的历史》（The History of the House of Lamb），写作时只是写在零星的纸片上，随时随地写，多以他自己的经验作素材。以后他把这些文章编为一本书，《英格兰失去的紫色土地》（The Purple Land that England Lost），10 年后才出版。这 10 年是摸索试验的艰苦岁月。试验中最初印出的是一篇短短的随笔，《需要催眠歌》（Wanted—A Lullaby），在 1874 年 12 月的《家庭杂志》（Family Magazine）上刊载。

哈德生很喜爱音乐，他常到歌剧院去，人的歌声同鸟的歌声一样，使他喜欢。在他到英格兰生活的第三年，他同一个女歌唱家爱米丽·温格莱夫（Emily Wingrave）结了婚。他说："她的声音感动我。以前没有人这样过，虽然所有的伟大歌手我都听过了。"温格莱夫身材瘦弱，比哈德生大 15 到 20 岁。他们不是恩爱夫妻，却是很好的伴侣。结婚 45 年后，哈德生写道："在她卧病 8 年之后，我们分开的时间很多。我觉得这是一个了解我、我也唯一能了解的人，留下我一个人，让我十分孤独。"

1880 年夏的一天晚上，莫利·罗伯茨（Marley Roberts）访问哈德生。两人成了要好的朋友。哈德生常向他读自己所写的诗文。两人也常交谈彼此旅行的经验。这时哈德生写了一首长诗，《伦敦的麻雀》（The London Sparrows），1883 年在《欢快的英格兰》（Merry England）上发表。以后在同一刊物上又发表了两首诗。这些诗显示哈德生的才华不宜于用诗歌的形式表现。

在第三首诗发表的同年，哈德生发表了《英格兰失去的紫色土地》。这本书的思想、感情和技巧，都有很大的进步。他这时虽然已经 45 岁了，在写作上还未明确方向，还不知道怎样运用他的知识和才华。同罗伯茨的交往和谈话对他很有帮助。罗伯茨在去美国之前，介绍哈德生同乔治·吉辛（George Gissing）相识。他们交往通信并互赠书籍，吉辛还喜欢哈德生的著作。哈德生却觉得吉辛的书读起来太令人痛苦。两个人因此并无深交。

《英格兰失去的紫色土地》（以后略作《紫色的土地》）是用理查德·兰姆自述的体裁写的。兰姆同迪米特里尔相爱结婚，而她并未成年，因此触犯法律，他逃到书中称之为"紫色的土地"的小国（the Banda Oriental）经历了许多惊险情况，最后救出巴昆塔，回到本国。他对巴昆塔说，他要写一本名为

《紫色的土地》的书，描写这个小国的风景事件和人物，书名是很合适的，因为这个国家儿女的鲜血浸透了她的国土。

兰姆又这样自白：他多年戴着英国人的有色眼镜，"轻视弱小的人民反抗外国侵略者和国内公敌的斗争"，以为曾经在这里播种的英国文明又丧失了，是一件很可惜的事。但是，"我不能说我现在还有这种意见。我不能相信：这个国家曾经被英格兰征服并被殖民，按照英国的观点纠正一切不正常的东西，我在和这里人民的交往中，还会找到以前那种粗犷愉快的风味。假如有特色的风味不能同盎格鲁–撒克逊的能量带来的物质繁荣并存，我倒愿这个地方永远不要知道这种繁荣"。

这本书"既不是长篇小说。也不是'传奇'。作者首先是一个博物学家，是一个豪放不羁、奇特而可爱的人。他所相信的哲学，使他在传统的长篇小说领域很难活动自如。……哈德生单纯的心境，使他觉得不自然的小说形式怪诞而不真实"。他的文章风格也是单纯的，"除非你有他那种精神，在森林的鸟群中比在城市的人群中觉得更为快乐，你永远得不到他那样的风格"。[1]

这一段时间哈德生夫妇的生活是十分艰苦的。他们两次开公寓都失败了。最后在靠近一个私宅花园的地方租住了一间屋，有时用一听可可粉和牛奶维持一周的生活。从住屋的窗子可以看到园里的花草，听到鸟的歌声，这是哈德生可以享受到

1　"近代丛书"版《紫色的土地》，威廉·麦克菲（William Mcfee）所作的导言。

的唯一幸福，以后他在《伦敦的鸟》（*Birds in London*）中曾心怀感激地加以描写。这本书因为"脱离荒原、丘阜、森林、江河上的风和阳光使人解脱的欢乐，也就缺乏了情绪的美"。（爱德华·加尼特）

罗伯茨1886年终从美国回来的时候，哈德生夫妇已经在一所旧房子里定居。这所房子是爱米丽的一个姐妹死后留给她的。为了多收点房租，他们将下面的房间出租，自己住在顶楼。家具是开公寓时购置的，都很破旧了。在哈德生以后的经济情况有些改善时，他也未听朋友的劝告移居，此前他也未听埃德温的劝告返回南美，他宁愿留在祖先的国度英格兰。

哈德生夫妇根据经济状况，每年到乡间去二三次，有时只能去一次。罗伯茨有时陪他去。哈德生总细心观察鸟类并做记录。

哈德生在这个别人看来很不舒适的住房里校改了他的一部新著，《水晶的时代》（*A Crystal Age*），描写他的理想国的童话。书中的主人公斯密斯（Smith）发现自己到了一个新的国度，这里的人住着美丽的房屋，穿着宽大优雅的服装，食用水果和蜂蜜，只在田野间工作，闲暇时骑马在乡间驰骋，享受大自然的美。生病被认为是不端行为，人可以长寿。斯密斯憎恶宗教、政治、哲学，愿学校、教堂、监狱、贫民收容所都化为乌有。这本书是隐名刊行，多年后才得到人们的赏识。贝洛克（Hilarie Belloc）说："这是他最常读最喜爱的书。"

1889年伦敦就成立了禽鸟保护协会。1891年开始，哈德生为协会写了十来本小册子。这时候爱鸟的人已经知道他曾与斯克莱特合著《阿根廷禽鸟学》，所以他的文章对护鸟活动很有帮助。

1892年2月，哈德生的《博物学家在拉普拉塔》（*A Naturalist in La Plata*）出版，他初次获得了成功。这本书首先是为研究博物学的人写的，主要为传达知识，并不注意审美观点。文章风格因此朴素而无文采。[1]《在巴塔哥尼亚的悠闲岁月》（*Idle Days in Patagonia*）于1893年出版，文章风格爽快有力，明朗严肃。[2]

1900年4月，哈德生取得英国国籍的证件在动物学会签了字。《丘阜牧场的自然》（*Nature in Downland*）在一个月后出版。接着动物学会"认可他对自然界所写的作品有创造性"，授给他每年150英镑年金。

加尼特在这本书的序中说："虽然在博物学方面，他的其他关于自然的书更有独创性，但这本书在文学艺术上却是最好、最完美的。南方荒原的自然风貌，它的土壤、动植物生活、人类故事和变幻的空气，他都用清新而从容的奇妙风格，抓住了它们的精神和特点。"加尼特并引了高尔斯华绥的评语："作为单纯的记叙文作家，几乎没有人能超过哈德生；作为风格家，他的敌手假如有，也是很少的。他的散文单纯亲切。他有一种特殊才能，可以没有风格的障碍，把自己的思想感情传

---

1 爱德华·加尼特：《略论哈德生的文学艺术》。
2 登特（Dent）版《丘阜牧场的自然》序。

达给读者，这仿佛将他成就的伟大向读者隐藏起来了。"

哈德生的文章简洁清新，富有自然界的色彩和芳香。康拉德说："哈德生写文章像草生长一样。"但是哈德生写文章虽然从容不迫，总是先在旧信封后或纸片上起初稿，但组成篇后，却精心细改，有时还重新写过。

年金减轻了他的经济窘迫，他有更多的机会观察自然界现象，欣赏自然美。他虽然健康欠佳，有时却充满生命活力，几次想重游南美，重观童年景物，拜访母亲故里，并与亲人欢聚，但没有实现。他在 1900 年以后的 10 年中，几乎每年出版一本书。《鸟与人》（*Birds and Man*, 1901）中有一篇描写哈德生初访怀特的故里塞尔伯恩，最为出色，或者因为怀特是他童年就喜爱的作家，其书信体写乡村景物的文章对哈德生很有影响。

1901 年夏季，《家庭惨史》[1] 稿送出版家审阅，审稿人爱华德·加尼特说，这是一部杰作，必须出版。故事由老牧人叙述：南美大平原一所被弃的房屋中，居住着瓦列略（Valerio）和妻子多娜塔（Donata），儿子布鲁诺（Bruno）。瓦列略被拉去当兵，战后同其他兵士一起索要报酬，被劝诱解除武装后，他做代表与军官巴保查（Barboza）交涉，军官先要剥他的皮，后见他勇敢，只重打一顿。一人陪重伤的瓦列略骑马回家。到家他见到妻儿娇唇要求一吻，气绝死去。儿幼小，依母为生。

---

1 《家庭惨史》原名是 "*El Ombus*"。"Ombus" 意为一种树木，海绵质较多汁，生长快，树龄长。房屋附近有一株这种树，因以树称房屋。

母虽悲痛，却强作欢颜，每日以清水洒浇丈夫埋葬处。青草如茵，儿子常在上面躺卧。有一妇人带女儿莫尼加（Monica）来近邻居住。布鲁诺和莫尼加长大了，彼此相爱。布鲁诺外出多年不归，杳无音信。伤心的母亲死去了。后来偶然听到消息：布鲁诺从别人那里得知母亲瞒着未说的秘密，去找那个军官复仇，不幸反被杀死了。莫尼加一听到死去的是布鲁诺，晕倒在地。她晚年唯一的安慰，就是呆坐在一处湖岸，看成群火烈鸟飞过湖面。

全集本除《家庭惨史》外，有一篇《玛塔·里奎尔姆》（Marta Riquelme），由一个耶稣会神职人员自述：他爱恋不幸的玛塔，对她的爱怜和对自己宗教的顾虑使他十分苦恼。玛塔终于失踪了，据说变成了一种令人害怕的鸟，用像人的声音在森林中哀鸣。另外还有4篇较短的故事。

《汉普郡的时日》（Hampshire Days）是1903年出版的。全书的风格比《鸟与人》好，有的文章将他细心观察的结果，以细腻清新的文笔写出来，如《知更雀巢里的布谷》。有时他想入非非，而能将这种非非的想法和感情表达得很微，博得读者同情的微笑。如他在第二章中写他坐在古墓旁的冥想：他在许多世纪前的死人中觉得自由自在，互相了解，而在同时代的人中却觉得生疏；他觉得自己同土壤，血中的热同太阳的热，热情同暴风雨和谐一致，而同活人及其生活却格格不入，他愿在古墓旁边得到一个永远安息的地方。

由于爱华德·加尼特的督促和鼓励，哈德生将久想写而拖延未写的一部稿子完成了，这就是1904年出版的《绿色的宅第》（Green Mansions）。这个"绿色宅第"指的是委内瑞拉一处大森林。书中的主人公艾贝尔（Abel）在林间常听到树梢上有鸟鸣，很像人的声音。印第安领路人很怕这种声音，说鸟是凶恶的森林精灵的女儿。最后，他遇到一位住在森林里的老人，告诉他说，鸣叫的鸟原是老人的孙女里马（Rima）。这一带的印第安人原来对老人和孙女很友好。她稍稍长大以后，憎恶印第安人残害她所爱的动物，印第安人对她也因此怀着敌意。

艾贝尔和里马原是相爱的情侣，在他们短期分离时发生了如下的悲剧。印第安猎人们砍下许多大树，妇女儿童们抱来许多枯枝，放在里马被困的一棵树周围，一面从四面放火，一面狂叫："烧呀，烧呀，坏精灵的女儿!"火越烧越旺，最后从树梢发出一声鸟鸣似的大叫："艾贝尔! 艾贝尔!"于是落下一只仿佛被箭射伤的大白鸟，落进火堆，被烧成灰烬，以后再没有人听到或见到她了。

抗日战争前，文贞[1]曾将这部小说译出。抗战爆发后还请人校改过，可惜译稿现在也散失了。

儿童们喜爱哈德生，他对他们总温和而且彬彬有礼。1905年他印行了一部为儿童写的故事，《迷失的小男孩》（A Little Boy Lost）。

据加尼特记述，罗伯茨和哈德生自己的书信证明，哈德生

1　指本书译者李霁野的夫人刘文贞。——编者注

对妇女的美和魅力是很敏感的。哈德生有不少女友，他给她们写过不少书信，为她们所珍视。到他晚年的时候，他深恶在他死后，世间有些好探人隐私的卑鄙家伙，会得到这些书信，所以极愿将它们毁掉。但是像他这样引起妇女既敬又爱的人是少有的。他的书信虽然亲切，也光明磊落，所以有时他采取对抗的态度。他给一位女友写信说：

"有一句老话说，时光老人给一切事物以荣誉，使它们成为洁白的了，你知道吗？对于我，我希望也对于你，用不着时光，或理智，或直觉……来使我们知道遇到你是件好事，给我们的关系以荣誉并使我们的生活成为洁白，假如在 20 年或 50 年时间内，别人知道我们的秘密了，他们会说——你想他们会说什么？他们会说我同你的友谊——超出友谊——是我所知道的最甜蜜、最好、最净化的影响，而且为了它我更为善良，也无限的更为幸福。"

1906 年出版的《水晶的时代》实际上写的是哈德生的理想国，我们在上文已经提到了。

听从罗伯茨的劝告，哈德生首次游历康渥尔郡，这里的海洋、天空、土地和野生动植物吸引他再三前去，几乎成了他的第二个家。但是那里人民的性格和有些生活方式不为他所喜。特别是用鱼钩捕鸟引他憎恶。1908 年出版的《地角》（*The Land's End*）中的文章引起了康渥尔人的反感和抗议。《在英格兰徒步游》（*Afoot in England*）在 1909 年印行，没有什么突出的特色。

哈德生的杰作《牧羊人的生活》（*A Shepherd's Life*）是1910年出版的，内容丰富，文字清新简洁，随笔中还插入一些很好的短篇故事。它既描写了威尔特郡（Wiltshire）的人物和景色，也涉及了它往昔的历史和传说。哈德生给这个牧羊人起的名字是凯莱布·鲍库姆（Caleb Bawcombe），实际上他叫詹姆斯·劳尔斯（James Lawers），住在哈德生很喜爱的一个村庄。他对哈德生说："假如让我选择我的工作，我会说，把我的威尔特郡丘陵草原还给我，让我终生在那里再做一个牧羊人。"

《牧羊人的生活》立即得到赞扬，但随后几年中，哈德生自己的健康欠佳。1911年秋，年过80的爱米莉患了重病。她既怕哈德生到乡间散步或骑车感到寂寞，客人到她家举行茶会又使她烦恼。一位自己婚姻幸福的女客人，在门口流着泪热情地对哈德生说："为什么你总待在这里？为什么你不找一个人，爱她并走开？"哈德生回答说："我爱了你多年。多年。"使女客人大吃一惊。

1913年出版的《禽鸟记异》（*Adventures Among Birds*）备受赞誉。但是身衰妻病的哈德生说，这种成功可惜来得太晚了，不然倒可以使自己开开心。到1914年4月，爱米丽病情稍好，但已经卧床不能起来了，哈德生把她护送到沃辛（Worthing），雇用一个人护理她。夏冬他常在沃辛度过，离开时常常给她写信。1915年冬，哈德生受凉卧病3个月，这时他读塞尔该·阿克撒科夫（Serghei Aksakoff）的《童年历史》得到启发，童年在南美的生活回忆浮现在他的眼前心底，他便开始用铅笔写童年往事。以后成为一本描写黄金童年的佳作《渺远的往事》（*Far Away and Long Ago*），于 1918 年出版。评论家对这本书大加称赞，但哈德生对此几乎无动于衷，却觉得能生活工作的时间不多了，向他约稿的编辑又特别多，他便在健康可以支持的时候努力修改旧著重印，并写新书，留下遗嘱把收入捐献给伦敦禽鸟保护协会。他的《博物学者的书》（*The Book of a Naturalist*）是 1919 年出版的。

1920 年 12 月一天夜里，从朋友们的聚会回来，哈德生失足落到 4 英尺下的路面，膝盖和一只手受伤，手腕扭筋，夜间不能入睡，心跳得厉害，他以为第二天会死亡。但几天后他仍能外出，并买书作为赠送儿童的圣诞节礼物。他见到书架上有自己写的书很高兴。他努力工作，并答复各方给他的许多来信，有一封是他受伤后一周内写的，向来信人详细答复，如何在索尔兹伯里（Salisbury）附近的树林中找到野篓斗菜。

哈德生是热爱生活的，一生都讨厌想到死亡。1921 年出版的《在小事物间旅行的人》（*A Traveler in Little Things*）有一篇文章《嚣鸡的归来》（*The Return of the Chiff Chaff*），就表现了自己和人类势必离开心爱的世界而感到的悲痛。

1922 年夏，他写完了最后一部著作《莱屈芒园的牝鹿》（*A Hind in Richmond Park*）之后，心脏病大发，8 月 17 日罗伯茨见到他卧床不能起来了。但哈德生不肯让他留下来护理他。第二天早晨女管家让她的小女孩送信到他屋里时，还以为他在熟睡，其实他在夜间已经逝世了。他的一位青年朋友在世界大战中阵亡，他十分悲痛。这位朋友的遗孀请哈德生为他的遗著写一篇序，哈德生在病危时也未辜负她的嘱托，这篇序放在他死榻旁一张桌上。哈德生被安葬在他 1921 年去世的妻子的墓旁，一个既有花香，也有鸟语的可爱的地方。

1984 年 7 月 20 日

目 录

马与人

在行进的方式上，没有什么比骑在马背上更使人愉快的了。散步，划船，骑自行车，都是各以自己的方式使人感到愉快的活动，但是肌肉动作和不断需要判断，使头脑部分排除了其他的事情；这样有时使长时间的散步只是散步而已，别无收获。骑马，我们意识不到费力，至于快速平安行路所需要的仔细观察和正确判断，我们交付给驮着我们的忠实仆人就是了。陷阱、小丘、滑坡，必须用看得准的眼睛测量地面上千百处小小的不平衡，这些都不大分我们的神。随意飞奔或缓驰，地面平或不平同样稳稳过去，过河不湿，上山不爬，这实在是不掺水分的欢乐。这是我们能够做到的，最接近鸟类生活的了，蒙特戈菲尔（Montgolfier）之后的气球之类并未使我们更接近鸟类。乘汽艇在云端喘息只表明科学无能，人的希望破灭罢了。对于空气中的自由居民，我们只能拿鹰一般在无边沙漠中消失的骑马的阿拉伯人相比。

骑在马上，总有使人高兴的活动；可是假如风景引人入胜，你就显然得安然坐着，风景河流似的向你流来并从你旁边流过去，永远换上新的美景。尤其美好的是心里自由自在，像懒散地躺在草地上仰望天空一样。说到我自己，骑马比散步时更少费脑筋；规律的活动，似飞的感觉，像一种刺激一样影响脑子。人们能躺卧着，坐着或站着，比在马背上飞驰时想得更好，我是不能理解的。这无疑是早期训练和长期运用的结果；因为我在南美大草原出生，大草原在我幼小时就教我骑马，在那里我们渐渐把人看成了寄生的生物，天然适于骑在马背上，只有居于这样的位置，他才能充分自由运用他的本领。可能南美大草原上的骑马牧人生来脑子就有这种思想；假如这样，那设想脑子的结构有相应的变化，就是合理的了。一个醉酒的骑马人骑到马上完全平安无事，是确定无疑的。他的马尽力想把身上的负担摔下；骑马人的腿（可以更适当地称为后面的胳臂）紧紧抓住马身，尽管他的脑子醉得迷迷糊糊。

草原上骑马牧人的腿多多少少是弓形的。当然，他的腿越弯，他在生存竞争中就越有好处。不骑在马上，他的动作是笨拙的，像一些在树上生活的低级哺乳动物被从树上弄下来一样。他走起路来摇摇摆摆；他的双手摸索缰绳；他的脚趾像鸭子一样向内。或者从这里我们可以了解，为什么外国旅行者从他们的观点，总指责这些人懒惰。骑在马背上，他是最活动的人。在会使别人绝望的贫困压迫下，他那种耐心忍受的情形，他的艰苦日子和骑马的本领，他既无休息又无食物的长途奔波，在单纯的地面上的居民看来，几乎像是奇迹。剥夺了他的马匹，他便什么事情也做不了，只能盘腿或压着脚后跟在地上坐下。用他形象的语言来说，你把他的腿砍掉了。

在早年，达尔文似乎没有了解人的力量，像他在研究其他较低级生物时所显出的那种神奇的智慧。在他的《博物学家航行记》中，谈到设想的草原骑马牧人的懒惰，他告诉我们，有一个地方很需要工人，看到一个穷苦牧人无精打采坐在那里，达尔文问他为什么不去干活。他的答话是，他太穷了，无法干活。这位哲学家对这个答话既感惊讶，又觉得好玩，但是他不理解。可是对于熟悉这些爱说短语的人，能有什么更容易理解的答话呢？这个可怜的人只是说，他的马匹被人偷走了（在那地方是常常发生的）或者是被当时政府的什么爪牙为国家征用抓走了。

回到开头的论点，骑马的快乐，不完全来自飞驰活动的愉快感觉；还有一种本身就亲切的体会：驮着我们的马，不是巧妙制成的机器，像"鞑靼国王所骑的"传说中的铜马；而是像我们一样，有生命和思想的生物。我们感觉到的，它都能感觉到，它了解我们，敏锐地参与我们的一切欢乐。例如，一位老年乡间绅士惯常骑着静静旅行的马，它多么能寻找道路，清醒平稳地缓步前进呵！但是让它落到活泼少年的手中，它又多么快就会振作起精神来呵! 假如马匹不易随机应变, 而是比寻常更循规蹈矩, 在买以前, 就必须先问问原主人的脾气了。

我13岁的时候, 有一次热爱上了我见到的马——是一匹外貌不驯的牲口, 在前额上的一丛黑鬃之下, 两眼凶呼呼地滚转。我的眼睛离不开这匹元气充沛的美丽的牲口, 非常渴望这匹马为我所有。它的主人是一个一文不值的流浪汉, 注意到了我热心爱慕, 一两天之后他赌博把钱输光了, 便到我这里来, 要把马卖给我。得到父亲同意之后, 我带着所有的钱(我想有30到35先令)跑到他那里去。牢骚了一阵之后, 看出得不到更多的钱, 他便把钱收下了。我新买到的马使我无限欢喜, 我抚摸它, 领着它到处寻找多汁的草和最好的叶喂它。我准信这匹马是了解我并爱我的, 因为虽然它眼睛里的野蛮神气没有消失, 它总对我表示特别的温和。它从来不设法摔下我来, 虽然任何人要想骑它, 它立即会把他扔开——我必须承认, 这使我很高兴。大概它这种行动的秘密在于它憎恶马鞭。假如不是对于各种马都可以这样说, 对于这匹马却可以说, 下面这一著名描写是真实的:"马是驯服的兽, 但是假如你鞭打它, 它就不是这样了。"我买到它几天之后, 一天早晨骑着它到邻庄去看为牲畜打印记。我看到有三四十个草原牧人在忙着捉牲畜并打印记。这是一种危险的粗活, 但是粗野得还不够使草原牧人心满意足, 在把牲畜打了印记、从套绳放开之后, 只是为了开心, 他们会猛冲把牲畜撞倒。他们坐在那里享乐的时候, 我的马在我身下安安静静站着, 也热心地看着游戏。最后一匹公牛被放开了，受着苦打的剧痛，低下牛角，向前面空旷的平原冲去了。3个骑马人从马群中先后冲出，先后全速向公牛冲袭，公牛突然一转身，躲开他们，逃脱了。在这瞬间，我无意用手碰了它的颈子，或我的身体有什么活动，我的马可能认为我要加入这游戏，便突然跑向前去，像闪电一样迅速，直撞牛身中部，把它冲倒在地。被冲的牛猛烈滚过身去，我的马像石头一样站着不动看望它。说来奇怪，我并没有落马，马却转过身来，飞奔回去，观众高呼欢迎——这是我荣幸听到的唯一一次这样的声音。他们不大知道，我的马完成这样危险的绝技，并未受过骑马人的调训。无疑它惯做这样的事，或者暂时它忘记了换了少年的主人。它再没有自动干这类冒险事了。我料想，它知道它背上驮的不再是一个不重视生命的不顾一切的大胆鬼了。可怜的皮卡索！它直到死都归我所有。以后我有过许多匹马，但是没有一匹我这样爱过。

就草原牧人来说，马与人的关系，性质不像大草原上印第安人那样密切。马匹太便宜了，穿不起鞋的人也可以有一群马，他们之间无法形成最密切的友谊。印第安人也少有个性特点。他身处的环境无可改变，他过着永远追猎的野蛮生活，使他较近于所骑牲口的水平。也有可能，由于很多世纪的长期磨合，马匹养成的精明能干已经带有遗传性，成为一种本能了。印第安人的马更为驯服，更理解它的主人；马似乎发展了令人惊异的敏感，在马颈上用手轻轻一摸，就足可以引导它了。草原牧人偶然能在马上睡着；印第安人则能死在马上。在边疆战争中，我们有时听说，人们发觉死了的战士，要很费劲才把他从驮着他逃出战场的马身上弄下来，在死亡中他还用僵硬的手指紧抓着马颈。在草原牧人的国度，我说起来难过，马得不到应有的尊重，不过就是在这里，马也对人既爱又忠诚，马和人之间有最亲密的关系，也不乏特出的例证。我只叙述一件。

罗萨司（Rosas）是个"铁与血"式的人，在阿根廷专政了1/4个世纪。他执政时，捕住逃兵，总毫不留情地处死。但是我度过童年的地方，有个逃兵名叫山塔·安纳（Santa Anna），7年没有离开家的附近，因为他的马伶俐极了，细心守望，使他逃开了追捕的人。在平原上休息的时候——他很少在屋里睡觉——他的忠实的马守卫着。它一看到地平线上有骑马的人，便飞驰到主人跟前，用牙齿抓起他的外套，用力把他摇醒。被搜捕的人一惊而起，转瞬间人马就钻进当地密集的芦苇丛中不见了，没有人能追踪到那里。我没有更多篇幅谈这匹马，但是最后在无花果成熟时，也就是在秋季，长期的专制统治结束了，于是山塔·安纳从在那里过野兽生活的芦苇丛里出来，回到了同伴中间。我是在这几年之后认识他的。他是一个面貌迟钝的人，不大说话，在当地也没有诚实的名声；但是我敢说，他总有些优点。

新环境对人和兽的改变，是研究大自然的人所熟悉的。例如草原牧人，他每天都必须穿过很长的距离，必须看得敏捷、判断迅速，随时准备遇到饥饿疲劳、天气突然变化，这些巨大的和突然的危险。这些情况使他同半岛上的农民很不一样；他有狼那样的忍耐力和锐利眼光，办法多，行动快，一点不珍视人的生命，痛苦或失败时都漠然无动于衷。毫无疑问，他所骑的马也发生了很大变化。例如，它同英国的猎马不同，就像同种的一个动物和另一个动物不同一样。它绝不浪费精力去跺地或炫示本领。在田野里显本领，努力做办不到的事，它没有那样无畏的勇气。在追逐时，它节省全部力量，头低垂着，几乎用蹄擦着地，所以它不是出风头的马。不断使用或天然淘汰的累积过程，使它的感官锐敏发展到了超自然的程度。坐山雕（vulture）的眼睛，因为居高瞰视景物，很有优势，但不如大草原马匹嗅觉达到的地方远。大草原常见的一种现象就是，一个地区的马匹突然向远方转移。这事发生在旱季，这时缺草或缺水。马所转移的地方，因为下了雨或其他关系，有更多的食物和水供应。从更好地区吹来的微风，相离四五十英里或更远，就足够使马离去了。可是在仲夏炎热的日子里，很少的湿气或草的气味就有可能让他们走这样的距离到达那里。

另一种更令人吃惊的现象，每个边疆的人都熟悉。为了某种原因，大草原上的马匹显得对印第安人的入侵最为恐惧。无疑的，它的恐惧一部分是联想引起的感情，印第安人的前来总在兴奋骚动的时候，像巨浪一样扫过全境；房屋着火了，家家的人奔跑，以疯狂的速度把牲畜赶到更安全的地方。无论怎么样，远在抢掠者到达居留地之前（常常在一天的路程之外），马就受惊，狂奔进屋，牛羊很快受到传染，全部惊逃起来了。草原牧人认为马嗅到印第安人了。我相信他们是对的，因为从远处一个印第安人居留地经过时，风从那边吹过来，我前面赶着的马匹突然害怕起来并跑开了，引我追了许多英里。如果说是鸵鸟、鹿和其他快腿动物，在入侵者到来之前被追赶奔跑是马匹惊逃的原因，这种解释是不能接受的，因为这些动物在草原猎人前面奔跑是马匹惯见的。

有关于一猫一狗躺在黑屋的美丽寓言，适当地表明这两种动物感官灵敏。"听！我听到一片羽毛落下来了！"狗说。"哦，不是！"猫说，"是一根针，我看到了。"一般不相信马有那样灵敏的感官，狗能在城市街道上追踪主人的脚步，被人认为是其他动物做不到的大本领。没有疑问，一匹马在英国所过的不自然生活，使它的重要的才能多数得不到使用，使它们变迟钝了。它是一匹骏马；但是使它同沙漠中一般马匹不同的那种高贵派头和不顾一切的勇气，不是未牺牲其他相应的东西就能获得的。夜间被骑着的印第安人的马，天越黑，头就越低下去，因为草中隐藏着沟渠和危险，鼻子像猎狐狗一样擦地了（有时草原牧人的马也有这种习惯）。这种动作是有力的自我保存本能所驱使的，这是明显的；因为我试着强使牲口抬起头来的时候，它咬住马嚼子，凶猛地把缰绳从我手里拉走。它的神奇的嗅觉测出每一隐沟、每一危险地点的准确位置，使它能够稳妥迅速地过去。

在荒漠的草原上，牧人管美洲豹叫作"人的朋友"。阿拉伯人给马这个称号；但是在欧洲，我们同马不那么亲密联系，狗自然在我们的感情中占至上的地位。对于这个动物的最高称赞，大概可以在培根论无神论的文章中看到。"例如拿狗为例，"他说，"它发觉一个人养活它的时候，这个人对它就是一个神或更高的品格，看看它显出何等的大方和勇敢，若是这个生物不相信人类拥有的性格比自己的更好，它的勇敢绝到不了这样的程度。"我们不能同样说马吗？嗅到印第安人气味，就惊恐奔逃的马匹，在"为一个人养活"的时候，会很快地冲入一大群狂叫着的野蛮人。

有一时我在家里有一匹马，是当地生养的，它很驯顺，我需要它时，便到牧场的马群那里去，虽然别的马在我行进时便跑开了，它却安安静静等待被捉。跳到马背上，我或去追赶其他马匹，或只把手放在它颈上引导它，飞奔回家。我不常骑它，因为它又懒又慢；但是胆小的妇女和儿童却是喜爱它的；它常常被用来做田地里的工作，备好或不备马鞍，我都能骑在它背上打枪。桃子成熟的季节，它会在种植地走来走去，拖拉下面的树枝，把它喜爱的果实摇晃下来，像下雨似的。有一次夜色漆黑，我骑着这匹马回家。我穿过的道路两旁都是铁丝篱笆，有2英里路长，当我快要走完这段路的时候，我的马突然停下了，发出一连串惊恐的嘶叫。我只看见眼前夜色一片漆黑，设法鼓舞它前进。摸一摸马颈，我发觉它因为极端恐惧而突然大出汗，马毛全湿了。马鞭对它毫无影响。它继续后退，眼睛显然盯着前面引起恐惧的东西，颤抖得使我在鞍上都晃动。它好几次想回身跑开，但是我决心不对它让步，继续争持。突然，在我开始觉得无望从这条路回到家里的时候，它跳向前去扑向我看不到的它面前的东西，过一会，它显然冲过了那东西，便齿间咬着马嚼，几乎从地上飞过，直到家门，从未停止。我下马的时候，它的恐惧似乎过去了，但是它丧气地低着头，像整天备鞍驮人的马一样。像这样几乎怕得发疯的情况，我再没有看到过。它的畏惧，像一个人在黑暗僻静地方看见了鬼所感受到的。

可是它并未强勉把我从那东西旁边驮走，虽然这样做在它是很容易的；它发觉自己被"性格比自己的更好"的人类养活，它宁愿面对而不是退避。在狗身上，这种最高贵的勇敢我没有遇到过更突出的例证了。这件事当时并没有给我留下很深印象，但是一回想到自己同我的马相比简直就是瞎子，不太可能是它凭着想象，遇到常见的自然事物就产生一种异想天开的恐惧，这次的印象确实也就变得很深了。

我不愿在结束我的记述时，用草原牧人的方式表达我的意思。我略过了许多事情，就像飞奔的马只嗅了嗅发香的好草而没有能停下来尝一尝一样。我尤其不愿意用最后记述的这件带有一种阴郁成分的事作为结束。我宁愿先回头略谈谈我首先谈的题目——骑马的快乐，以便提到一种我的英国读者大概没有尝味过，或甚至没有听说过的愉快。在大草原上夜间骑马的时候，我常喜欢向后躺在马上，头肩落在马背上，脚抬起来紧贴马颈；这种姿势经过实践，既舒服又安全，我这样仰望星空。要彻底享受这样骑马的快乐，马必须脚步稳，而且没有蹄铁，要能完全相信骑马人；必须使它在平平的草地上脚步又平又快地前进。有了这些条件，感觉一定是愉快的。地上的东西全看不到，只有圆圆的天宇，闪耀着无数的星星；草地上马蹄的闷声，在幻想中变成了珀伽索斯¹鼓翼，我们在空中翱翔的引人入胜的幻觉充满了我们的心。不过，可惜在英格兰，无法采用这种骑马法。即使能找到热忱满腔的人，引进脚步轻捷的阿拉伯或南美大草原的马匹，暗里的星夜在平平的公园里飞奔，这种有失尊严的消遣也会引起嘲笑吧。

提到尊严，我要在结束本文时，叙述我的伦敦生活中一件小事，也许会引起心理学家的兴趣。不久前，我在牛津街上了一辆向西开行的公共汽车上层。我满腔心事，急于回家，有点心不在焉，车行缓慢使我恼火。这都是惯有的老经验：深沉思考，减慢的速度，随之而发生的恼火。我想象我所骑坐的懒牲口，像平常一样，在利用骑马人出神的机会；但是我不一会就会"动情地说服它"，我还不至于出神到看不出飞奔同步行的区别呀。所以我举起雨伞，砰砰在汽车侧面敲打，使同车的人大为吃惊。在我们居住的土地上涌现出来的动作、思路、习惯、习俗，生长在我们周身；我们远远摆开了自己的时候，死了的卷须仍然攀附在我们身上！

——自《博物学家在拉普拉塔》（*A Naturalist in La Plata*）译出

1　珀伽索斯（Pegasus）是希腊神话中的两翼飞马，蹄踏之处有泉水涌出，诗人饮水可得灵感。

知更雀巢里的布谷

　　一个内有三枚知更雀（robin）蛋、一枚布谷（cuckoo）蛋的知更雀的巢，1900 年 5 月 19 日，在小果园边上一处低岸那里被发现。鸟正在孵卵，而且在 5 月 27 日下午，布谷便被孵出来了。不幸我不知道在 19 日以前孵卵继续了好久，但是从布谷先出这事实看来，大概寄生的鸟还有先出壳这种更进一步的优势。很久以前，我发现南美洲 Molothrus 属[1]的寄生的金莺的情形便是这样。

　　在那天下午的其余时间和第二天（28 日）一整天，我都密切观察着那个巢，在这时间中，小布谷躺在巢底上，像一片

_____

1　即牛鹂属。——编者注

胶酱一样无助，里面只有一点生命，而且力量仅够抬起头、张开嘴，过一两秒钟之后，摆动的头便会又垂下去了。第三天（29日）早晨8点钟，我发现一只知更雀出了壳，一个蛋被挤出，在巢下几英寸[1]躺在坡岸上面。可是小布谷还显得像头一天一样，是个软弱无助的、胶酱似的生物。但是它长大多了。我相信在孵出后48小时之内，它身体长大了一倍，而且颜色暗些了，它的无毛的皮是微青发黑的颜色。比它小30个钟头或更多的知更雀，只比它的一半略大，有种淡白、微红发黄的皮，长着一身稀稀的黑色长柔毛。布谷占据着杯形深巢的中部，它的中间凹下的宽背，成为一种虚底；但是在鸟的两边身子和巢之间，剩点小小的空地方，那个还在巢里未孵出的蛋和小知更雀，便躺在这个空地方或间隙里面。

在29日这一天，我看出蛋和小知更雀对它两边身子的挤压，是刺激布谷的；它不断这样那样活动，抖动，和蠕动着它的无定形的身体，仿佛要摆脱开这种接触。每隔点时候，这种刺激会达到最高点，于是一串机械的活动便要开始，都是盲目的，但也准确地对着一种目的，仿佛有种魔鬼的智力在鼓动着这个似乎无助的、寄生的幼鸟一样。

在巢里的两种东西中，未孵出的蛋最为刺激它。小知更雀是柔软的，一挤的时候它便让步，而且总可以使它和间隙相适应；但是那个坚硬的圆壳，像卵石一样挤压着它，对于它却是

1　英制长度单位。1英寸等于2.54厘米。——编者注

一种痛苦，而且每隔些时候，就变成受不住的了。于是它便发生那种魔术的变化，这时候它似乎突然有了超自然的力量和智力，以后巢里的盲目挣扎便要开始。在每次挣扎——也可以说是一串挣扎——之后，布谷便再倒回去，在衰弱无力的情况中躺卧着，仿佛神秘的力量离开了它一样。但是在很短的时间之内，身旁的挤压又开始烦扰它，使它苦痛，最后又激动它重新努力。所以我在 8 分钟之内，看到它挣扎了 4 次，要把知更雀的蛋弄出去。每次都有一段衰弱无力的情形；每次挣扎在它都有一长串的活动。在每一次的时候，蛋都被推或送到巢的错误的或较上的方面去了，结果在鸟要将蛋从身上抖去的时候，它却滚回到巢底去了。因此假设布谷知道从哪一方面扔出蛋去的说法，是错误的。当然它是毫不知道的，而且事实上它要将蛋扔上坡和扔下坡的时候一样多。

每次的经过都是这样的：我已经说过，蛋对于布谷身边的挤压是一种不断的刺激；但是身体的各部感受刺激性的程度不同。在身体的下面部分它几乎就不存在；蛋的地位多半在身体的上面，从身体的两边开始，到中间逐渐增加，在背的凹处最大。当鸟动着，将蛋挤到鸟身上边的时候，它便开始越来越烦躁，这便使蛋动来动去，并且因为触碰和挤压到其他的部分，将刺激增加了。当鸟要离开蛋的一切努力只使事情更糟的时候，它便停止蠕动，在巢底上越来越低地蹲下去，于是蛋被挤上来，终于会滚进背的凹处——全身最容易受刺激的地方。一发生这种情形的时候，鸟便会起一阵痉挛似的突然的变化；它会发硬，在巢里站起，它的松弛的筋肉变得坚硬紧张，背成为平行的姿势，头下垂着，无毛的小翅膀举起来盖着背。在这种姿势中，它看来像是一个又丑又笨的小黑人，用最细的小腿站立着，弯着背，两肘支起在平凹的背上。

一用坚硬的小腿站起来，它便向后活动，紧紧抓住巢里子的毛和毛似的纤维，绝不转向，一直到它达到了杯似的巢的边；于是站立着，有时将脚放在巢边下，有时放在巢边上，它便抖动它的身体，将蛋扔开，或使它滚下去。以后它便倒回到巢里，完全精疲力竭地躺些时，呼吸使它的胶酱似的身体一起一伏。

鸟的这些变化，有力地使我想起一个发癫痫病的人，像我在南美大平原上惯见的样子，在那里的牧人间，癫痫是一种最普通的疾病——一个软弱、病样、看来松软无力的人，筋肉突然紧张起来，手有力地握，挣扎的力量，都超过了一个完全健康的人，最后这种情况一过，便是完全精疲力竭的软弱。

鸟和蛋的挣扎，我亲眼看到了几次，但是最后，虽然我留心观察着，我也没有见到蛋被排挤出来。离开很短的时间回来的时候，我看到蛋被扔出来了，并且顺坡滚下去，离开巢有14英寸。

这时小布谷仿佛更安静地歇在巢里了，但是两点钟之后，旧的烦躁不安又开始，并且继续增加，直到它陷入和以前一样的不安状态。两只鸟的迅速生长，使布谷的地位越来越不堪，因为知更雀被挤靠着巢边，会将它的头和颈横伸在布谷的背上，可是这地方被触动是小布谷受不住的。于是一些新的挣扎开始了，全部情形同和蛋挣扎时完全一样。但是对付小鸟并不是那样容易，并不是因为它更重，却是因为它不像蛋一样滚，并停在背中央；它会一部分落在布谷的背上，以后又滑落到巢里去。但是经过多次失败之后，成功终于来到了。知更雀一部分横躺在布谷的颈子上，这时小知更雀动着头，它的弯曲的小嘴放下来，停在它的同养兄弟的背上凹处，那容易受刺激的中心地方。立刻布谷便向巢下紧缩，仿佛像热针刺它一样，从知更雀靠它躺着的方面尽力缩开，当然这种动作使知更雀越来越到了它身上，一直到小知更雀正好被扔上了布谷的背。

立刻发硬的痉挛来到了，布谷站起来，仿佛知更雀在它身上并不比羽毛重；它便一下不停，顺着巢往后向上走，于是确实就站在边上，抖动身子，使知更雀完全落到巢外。事实上，它落到巢边下五六英寸远的一片大酸模叶上，并且停在那里了。

将负累除去之后，布谷在五六秒钟的时间内，仍然继续着同样的姿势，十分坚硬，在这时间内它再三很厉害地抖动它的身子，仿佛身上还有负累的感觉一样。于是这一阵疯一过，它又倒回去，像以前一样精疲力竭。

我异常幸运，能够看到鸟巢里这个不流血的小悲剧（用无情的初孵出的鸟做剧中人物）的最后一场和结束，看到这无辜的罪过和过失——这也不能算为过失，因为布谷并不认为它是。同样的动作在全国各地每年在成千成万的鸟巢里发生，而被人亲眼看到的时候是那样少，想起来是有点奇怪的。

发痉挛时小布谷的力量虽然是可惊，当然也是有限的，而且在观察它的动作时，我得到结论：从鸫（thrush）的巢里弄出蛋和初孵出的鸟，在它是不可能的。山鸟的巢太深，至于画眉（throstle）的呢，因为有涂平的面，它不能向后走上杯似的巢的边。

在看到小知更雀被抛出之后，我仍然制止自己不动那个巢，因为还有其他的事情要观察。其中一件便是被排挤出的初孵出的鸟近在巢前——它的父母在这样情形下怎么办呢？在处理这件事之前，我要先结束小布谷的故事。

将巢独占了之后，它很安静地休息。直到第二天（6月1日），我才去摸它。我发现它仍然是易受刺激的，我将它抛出的蛋又放回去的时候，它在巢里又可怜起来了，而且和蛋的挣扎又重新开始，直到像以前一样将它们弄出去。第二天受刺激的感觉几乎没有了，下午它容许一个蛋或卵石和它一同留在巢里，不再抖动或蠕动，而且它也不再想法排挤出它了。这个观察——孵出后5天失去受刺激的感觉——和克莱葛（Craig）君的记载相合，他的记载是在1899年7月14日，在《鸟的世界》（*The Feathered World*）发表的。

小布谷生长得很快，不久就将它的巢踏成了一个平台，在上面休息，在岸上稀少的草中是一个引人注目的东西。我们常常去看它并喂它，这时它会耸起羽毛，野蛮地啄我的手，但是同时也总急急吞咽我们给它的食物。孵出后17天，它离开巢，在岸上长着的一棵橡树上居住，以后3天中知更雀继续喂它，再以后我们便没有再看到它了。

我可以补充说：在 1901 年 5 月，一对知更雀在岸上离头一年建筑很近的地方又建了巢，而且在这个巢里也养了一只布谷。第一次见到的时候，这只鸟显然只有四五天大，它独占着巢。3 个被排挤出的知更雀的蛋，在岸上稍微往下的地方躺着。

无大可疑的，这双知更雀也就是前一季养起布谷的鸟，同一只布谷回来将它的蛋下在它们的巢里，也是很可能的事。

这一段小小历史的结尾——被排挤出来的初孵出小鸟的命运，以及一些老知更雀的态度——还有待叙述。当小布谷从大树、篱树、矮丛和芦苇上的巢里，将初孵出的小鸟扔出的时候，通常受难的鸟都离开一些落到地上，或落到水中，便不再被老鸟看到了。在这里，这个小知更雀被排挤出的时候，落到不过五六英寸远的地方，而且歇息在一片宽大鲜绿的叶子上，是一个极引人注目的东西，母知更雀坐在巢上！在这个阶段，它大部分的时间都坐在巢上——温暖着那个黑皮、像蛤蟆、并非己出的小鸟时，它的明亮聪明的眼睛正看着就在它下面，原在它的身体内生长，用它的温暖孵出，属于它自己的另一只鸟。我观察了它几钟点；在它温暖着布谷，在它离开巢、带着食物回来，又温暖布谷的时候，都观察它，它对于躺得离它那样近的被逐者，一次也没有稍稍注意过。小知更雀在那里停留在绿叶上面，一钟点一钟点地逐渐冷起来，除了抬抬头，仿佛去接受食物，又把头垂下去，而且隔些时候，抽动身体仿佛要动之外，一动也不动。到晚上，连这些轻微的动也停止了，虽然那最微弱的生命的火焰还没有灭熄；但是到早晨它死了，又冷又硬，正在它上面，明亮的眼睛看着它，母知更雀像以前一样坐在巢上，温暖着它的布谷。

一个像知更雀这样的生物，我们容易以为比多数鸟更聪明的，却在这个情形中证明出不过是一个自动机器，显得是多么惊人，而且几乎不可相信呵！我想，若是被排挤出的鸟发出声音来，情形又会不同了，因为没有什么比小鸟的痛苦和饥饿的叫声，更为激动母鸟，或更快地得到反应了。但是在这样早的阶段，初孵出的鸟是无声的——这又是有利于寄生的鸟的另一点。我们看到的，见到它的小鸟慢慢默然地死去，并不能触动母鸟的心弦：事实上是由于并不认识；一出了巢，它不过只是一片有颜色的叶，一个鸟形的卵石，或泥土的碎片罢了。

——自《汉普郡的时日》（*Hampshire Days*，1903）译出，有删节

牧羊人与偷猎

在凯莱布·鲍库姆（Bawcombe）终于摆脱了父亲的教导，做了一个实际独立了的助理牧羊人的时候，对于好做食品、偶然落到自己手里的野兽，他并不遵守伊萨克的严格规矩；他甚至允许自己略出范围去弄到它们。

我们知道，关于这样的事，国家的法律同写在农民心上的道德法规是不一样的。一只受伤的鹧鸪（partridge）或其他的鸟，他在外面散步见到，或偶然别样得来，他会毫不踌躇拿去吃了或加以处理。对于兔，他是很随便的，并不等待被黄鼠狼（weasel）追赶的兔，因为黄鼠狼并不很多；野兔（hare）随时可以捉起，不过他要拿得准没有人在看望。他懂得法律，或者因为是一个体面的、信宗教的人，他关心的是不要在表面上犯什么罪恶。弄到一只野兔、兔或受伤的鹧鸪，他以为同有组织的偷猎绝然不同。但是他明白，对于比他层次高的人却不同——法律把这些视为偷猎。这是严酷、武断、不自然的法律，是比他地位高的人指定，为他们服务的，在表面上他必须遵守。这样，你会在牧羊人和劳动者当中发现有最好的人，对落到他们跟前的任何野生动物，他们自由取去，可是他们对于真正偷猎的人，却像保护猎物的人一样憎恨。村庄的偷猎人一般都是懒惰放荡的家伙。清醒、勤劳、正派的牧羊人，农夫或货车司机是不喜欢同这样人等同起来的。但是在这样事情上逃不开严酷死板的规矩，所以在其他方面他无论怎样坦白诚实，在这件事上他却不得不耍一点欺骗手法。这里有作为一例的情况，是我在为本章收集的材料加以整理之后，在谈话中从一位牧羊老朋友那里刚刚听说的。

他是一个健全的老人，牧羊已经 50 年了，我相信他准可以再牧羊 10 年。他不仅是凯莱布所说的那种意义的"好牧羊人"，对于羊所易患的所有疾病都比别人熟悉，但他也是个真正信宗教的人，"同上帝同步行走"。他把他的一匹护羊狗的故事告诉了我，那时他是多塞特郡（Dorsetshire）一处大农庄牧羊人的头头，他的主人最喜欢追猎野兔。野兔在他的田地上很多，他自然要让他在田庄上雇佣的人把它们看成是神圣不能略犯的动物。有一天他来到牧羊人跟前抱怨说，有人看到他的狗追猎一只野兔。

牧羊人愤怒地问是谁说了这样的事。

"不必为那事介意啦，"农场主说，"这是真的吗？"

"那是谎话，"牧羊人说，"我的狗从来不伤害野兔或其他任何东西。我相信说这话的人自己有一匹伤害野兔的狗，他要把过错推到别人身上。"

"也许是这样吧。"农场主说，并没有相信。

正在这时，一只野兔出现了，穿过田地直接向他们跑来，或者因为他们没有动，或者因为它没有嗅到他们，它一直前跑，偶然坐下来休息一分来钟，于是又跑，直到离他们所站的地方只有40码[1]。农场主看它走近，同时看着坐在他们脚前的狗，也稳稳看着野兔。"喂，牧羊人，"农场主说，"不要对狗说一个字，我来自己看看。"他一个字也没有说，野兔来到他们跟前坐了几秒钟，于是跳走不见了，狗一点点也没有动。"得啦，"农场主说，很高兴，"现在我知道我所听到的关于你的话是谎言。我亲自看到了，我要好好盯着说这个话的那个人。"

我对这个故事的评语是：农场主显出对于牧羊人，对于护羊狗，令人难信的毫无所知。"假如你要说一声'波巴'或其他什么名字，捉住它，那会怎么样呢？"我问。

他眨眨眼回答道："我准信它会捉到野兔，但是我不告诉它，它是绝不会动的。"

其结果是：牧羊人不肯相信，弄一只野兔，他就算抢夺了

1　英制长度单位。1 码等于 0.9144 米。——编者注

什么人的财产，假如他不得不撒一个谎，使自己不致承担后果，他不认为那是谎言。

他了解到我在这个问题上站在他那方面的时候，他告诉我，他曾有一匹很好的护羊狗，就因为它不猎取野兔，他把它扔开了。

狗在被训练时，要使它分辨它必须做什么事，不能做什么事。在一种情况下，用和蔼的话和爱抚"动情地劝服它"做，在另一种情况下，用严厉的话和重打使它不要做。他教会了它：假如它猎取兔或野兔，那就对它很糟糕，到适当时候，吃过几次苦头之后，它就具备了克制狗的最有力本能的本领，获得了一种后天的意识。对它的教育完毕的时候，还必须使它了解：教育还没有完全终了，它所学的最惨的一课，它还要部分地忘掉。主人要它做的时候，它还必须猎取兔或野兔。这样，他们就定了一种契约，狗起誓服从；但是当立法的人超越法律，他认为适当的时候，还可以命令他的仆人犯法。一般说来，狗是很随和的，常常超出主人给它的自由；有最好训练的狗，像我前举的牧羊人的那一匹，不到主人告诉它，它就不动。在其他情况下，可怜的畜生到不了这样程度；对它来说，这太复杂了，命令它捉一只兔时，它只能把尾巴夹在腿间，迷惑地看着它的主人。"为什么你告诉我那样做了之后要挨揍呢？"

只在凯莱布同我已经认识了一些时，成为好朋友之后，他才完全不拘不束谈这些事，并既不请求谅解，也不加解释，把自己不合法得点小惠的事告诉我。

　　有一天他看见一只雀鹰向下扑捉一只逃跑的鹧鸪，同它在地上挣扎。这是一片草场，同他正在散步的草场是分开的，中间隔一道未修整的大树篱，没有开口处能让他过去。不一会雀鹰飞起来了，鹧鸪还在鹰爪里凶猛地挣扎，鹰飞过树篱，到了凯莱布这一边，但是一飞过来，鹰又落下，挣扎又在地上开始了。凯莱布跑到那地方，鹰飞跑了，丢下了鹧鸪。鹰抓的是两边，尖爪抓得很深，鹧鸪虽然不能飞了，却还活着。牧羊人把它弄死，装进袋里，吃时他大大享受了一番。

　　从这种最天真的偷猎，他进一步叙述到，他有一次怎样从一个伶俐的偷猎人（坏人，人形的雀鹰）那里夺得他的猎物。

　　村里有父子两人极为他所厌恶，名为老加吉和小加吉，都是没有骨气的偷猎者。他们比那些上酒馆、不工作、不以罪恶生活方式为耻的真正恶棍还要坏，因为他们是伪善的人，外表装作清醒正派人，稍稍同邻人们保持距离，责骂别人的缺点很严厉。

　　星期日早晨，凯莱布到村外母羊栏那里去，顺着丘陵牧场脚下的树篱前走，这时他前面有枪声，一两分钟后又打了一枪。这很激动了他的好奇心，使他向枪声所来的方向注意看望，不一会看到一个人向他走来。这是老加吉，穿着长罩衫，不慌不忙地向村里走，但是一看到牧羊人，他从树篱开口处转向一边，向另一个方向走去，避免同牧羊人相遇。没有疑问，凯莱布想，他把枪分成两部分藏在罩衫下了。他继续前进，直走到一小片燕麦地跟前，燕麦长得不好，只收割了一半。在这里，他发现老加吉曾经躺着隐藏起来，射击来吃燕麦的鹧鸪。他用一对活动篱笆和草遮住自己，使鸟看不见他，他所击落的羽毛落到各处。他星期日早晨的猎事已完，正在回家，这一次略略迟了一些。

凯莱布继续到他的羊群那里去，但是到达之前，他的狗发现树篱中有一只死鹧鸪——它飞来了这么远，落下了，羽毛上还有鲜血。他把鸟放进袋里，当他在丘陵牧场同羊群在一起时，他大半天里都带着它。午后晚些时候，他看见两只喜鹊在一处田地中间啄东西，他去看看它们发现了什么。这是老加吉早晨射击又丢失的第二只鹧鸪，在落下之前，它又飞了一点距离。喜鹊大概发觉鹧鸪已经死了，因为它凉了；它们开始撕颈上的皮，把皮开到胸骨。凯莱布也拿起这只鸟，不一会就坐下来看看它，他想用帽子里常带的针线试着把撕开的皮缝起来。他缝得顶好，把羽毛放回原处，把伤处全遮掩起来了。村里有一个收集骨头、破布和此类东西谋生的人，那天晚上他把两只鸟拿到他那里去。收破烂的人手里拿起两只鸟，掂掂重量，同意付给两先令。

这种人在多数村庄里都可以找到，他自称为"杂货商"，他有一辆轻便马车和马驹——有时还开酒馆——是小小农村社会中一个有用成员，是人形的吃臭肉的乌鸦。

两先令是很受欢迎的，但是比金钱更重要的是令人高兴的思想：他得到了伪善的老偷猎人为自己讨便宜而射死的鸟。凯莱布是主人允许在他的土地上捉兔的牧羊人，发现他所设的罗网多次被破坏，他得到一个结论：有一个观察他的行动的很狡猾的人，夜里到他的罗网那里去了。有一天晚上他在一片萝卜地里设了5处罗网，第二天黎明前大雾很浓，他去看看它们。每个罗网都被破坏了！他刚要起身回去，觉得既生气又迷惑不解这样的事，这时雾突然消失了，显出两个人形在丘陵牧场上匆匆走开。他们离得很远，但是天色够亮，使他能够看出是老加吉和小加吉。几分钟内他们就在丘陵顶上不见了。他的兔被用这种卑污方法夺走，使凯莱布极为愤怒，但同时也高兴发现了作恶的人；不过他不知道怎么办是好。

第二天他带着羊群在丘陵牧场上，近旁有另外一个牧羊人也带着羊在那里，他同这人很熟，是名叫约瑟夫·革泽古德（Joseph Gathergood）的安静而多识的人。他以善于捉兔而闻名，凯莱布想要到他那里去，告诉他加吉父子怎样耍弄了自己，问问他怎样处理这件事。

老人很友好，立刻告诉他怎么办。"不要在树篱跟前或萝卜地里安罗网了，"他说，"把它们安置在开旷的丘陵上面，没有人在那里捉兔，他们找不到罗网。"要这样做，首先要用靴跟擦刮地面，从破开的草地可以看到新土；然后在破了土的地方撒一点有兔味的东西，把罗网安在那里。兔味和新土味合在一起会把兔吸引到那里去；它们会到那里去扒土，假如罗网安放得合适，一定会把兔捉住。

凯莱布用一个罗网试验这个方法，第二天早晨发现得到了一只兔。他第二晚又安了罗网，一连5夜捉了5只兔，用的是同一罗网。这使他相信他学到了有价值的一课，老革泽古德在捉兔上是很聪明的。想到他战胜了两个鬼鬼祟祟的敌人，他很快乐。

但是牧羊人对捉野兔也同样聪明，他也在丘陵牧场最开旷的地方捉它们。他的成功是由于他知道野兔喜欢吃山楂嫩枝。他弄一根上有嫩枝的山楂树干，把它插到草场中间或丘陵开旷的地方，离开一米远把捕夹器系在干上，藏在草或死叶下面。山楂枝叶气味会把兔引到那地方，它会绕来绕去吃嫩枝，直到被捉住。

凯莱布从没试用这种方法，但他深信革泽古德是对的。

他告诉我，另外一个牧羊人更聪明，用另外一种方法捉野兔。他的牧羊杖特别长，常常因此遭到熟识的人嘲笑。它像一只长矛或长竿，比平常的牧羊杖长一倍。但是它有一种用处。这个牧羊人常在丘陵牧场一切合适的地方做出野兔巢，做得很巧，偶然看到的人都不会相信它们是人工做的。野兔确实利用它们。带着羊群外出的时候，他会去看看这些人工野兔巢，安安静静离开二三十英尺在它们旁边行走，他的狗跟在身后。看见一只野兔蹲在巢里的时候，他便吭一声，狗便立刻停下一动不动，牧羊人继续前进，但是绕圈子走，以便走近野兔巢。这时野兔只定睛注意着狗，对人毫不留意，慢慢地长牧羊杖一转过来，从相反方向打到可怜的傻东西头上，假如打得不够重，不能把野兔打晕打死，在它从准备毁它的舒服巢逃开不多码的时候，狗就把它捉住了。

——自《牧羊人的生活》（*A Shepherd's Life*: *Impressions of the South Wiltshire Downs*, 1910）译出

鸟与人

在我们的多数野鸟看来，人在行动上一定显得古怪、反常。他对它们有时敌对、有时漠然、有时友好，使得它们不完全知道从人那里会得到什么待遇。例如一只乌鸫鸟（black bird），它渐渐养成了信赖的习惯，在严寒天气喂养它的朋友们眼前，在园子里或灌木丛中筑巢；它很少害怕，以至让他们每天来十几次，把树枝拉到一旁看它的巢，甚至在孵蛋时让他们摸它的背。不久以后，邻人一个找鸟蛋的孩子钻进来了，发现了鸟巢，把它扯下来了。鸟发现因为信赖而被出卖了；假如它疑心孩子怀着恶意，它会像猫出现一样，在他近前时大叫，巢或者就不致被毁了。这件事的结果有可能把获得的习惯推翻，回复到平常怀疑的态度。

鸟有时能够区别保护者和迫害者，但我料想不会区别得很好。它们不光看脸面，却看整体，我们常换衣服，使得它们难于分辨谁是它们熟识并信任的人，谁是陌生人。一匹狗在主人最近一次穿黑和灰色衣服，再戴着草帽、穿着法兰绒衣服出现时，偶然也会犯错。

不过假如鸟一旦同惯常保护它们的人熟识了，养成了信赖的习惯，偶然对它们略加粗暴对待，这种习惯是不会因此放弃的。沃辛（Worthing）一位妇人告诉我，她的乌鸫鸟在花园里生育，她把正要成熟的草莓用网保护起来，鸟对此置之不顾，总有一只或更多的鸟想法钻到网下。她把小贼捉住，它一面叫，一面挣扎并啄她的手指，她把它送到园的尽头放开，它却随即跟着她走到草莓坛跟前，又想法去啄草莓。

鸟同其他哺乳动物的关系，没有怀疑或错乱的余地。各按其类一贯行动，一次敌对便永远敌对，假如一次看来无害，那就永远会得到信任。狐狸总是被畏惧和憎恶的。它的脾气，像它的尖鼻红皮一样，永远改变不了，猫、鼬、黄鼠狼等也是这样。反之，鸟在食草哺乳动物面前，并无怀疑表示；它们知道，从看来可怕的公牛和咆哮的牡鹿到眼睛温和且胆怯的兔与野兔，都是绝对无害的生物。常见鹡鸰（wagtail）和同种的鸟在草场上伴随家畜，紧紧靠着它们的鼻子，寻找从草里赶出来的小昆虫。穴鸟（jackdaw）和欧椋鸟（starling）从牛和羊背上寻找扁虱和其他寄生虫，显然它们的来访是受欢迎的。在这里，共同的利益使鸟和兽联合起来了。这是在这个国度里，在较高级的脊椎动物间，最接近的共生现象，但远不如犀鸟与犀牛或水牛、鸻鸟（plover）和鳄鱼在非洲那样密切。

有一天我在紧靠威尔斯（Wells）主教宫的草场边上散步，有几头母牛在那里吃草，我看到在牛那面不远，有一群乌鸦和欧椋鸟散在各处。不一会，约有40只寒鸦从我头上飞过，斜飞下去，去加入其他的鸟，这时突然有两只穴鸟从群中飞出，落到一头最靠近我的母牛背上。立刻有5只穴鸟接着落下，于是7只鸟开始在牛皮上急忙啄起来了。但是地方不够它们自由活动；它们挤争一个立足的地方，展开翅膀保持平衡，像一群饿坐山雕在一具兽尸上争斗地方一样；不一会有两只鸟被挤出去，飞开了。剩下5只鸟，虽然地方很拥挤，却继续在牛背上抢夺，忙啄不休，显然为发现的珍品很兴奋。观察母牛对它们的来访持什么态度，是很有趣的；它把身子低下去，仿佛要卧倒，背展宽，头低到鼻子触地，它站在那里一点不动，尾巴翘着像个抽水机柄。最后穴鸟吃饱吵完了，飞走了；但是有好几分钟牛保持原样不动，仿佛这些鸟啄爪抓使皮上得到的稀有愉快感觉还未过去。

鹿像母牛一样，对于穴鸟的服务也是很感谢的。在色弗奈克森林，有一次我看见一个很美的小小场面。我看到一头红雌鹿在一片有草的凹地卧着，因为我走过时只有约50码距离，它的头竟低到与背平，我只见到角尖，不免觉得奇怪。绕过去看得清楚点，我看见一只穴鸟站在它前面草地上，很忙地在啄它的脸。我用望远镜可以很切近地观察它的活动；它啄雌鹿的眼睛周围，以后啄鼻子，啄喉部，实际脸的各部都啄到了；正像一个正在被刮脸的人，在理发师的手指轻摸之下，把脸转来转去，并抬起下颏，让刮胡刀从下面刮过去，雌鹿把脸抬高放低转动，使鸟察看并啄到各部。最后穴鸟离开面部，转过去跳到雌鹿肩上，在那里细细查找；这样完了之后，便跳到头上啄前额和耳朵根部。啄完之后，它待了几秒钟，一动不动，拿雌鹿好看的红头做立足处，雌鹿的长耳朵在头两旁伸出来，看来很是漂亮。从活的立足处，它跳到空中，飞走了，靠贴着地面；接着雌鹿缓缓抬起头来，在它的黑色朋友之后吃草——我只能以为，它心怀感谢，并对朋友的离去感到惋惜。

有些鸟在孵卵时，对任何动物接近它们的巢都显出极大的不安；但是就在最兴奋的时候，它们对于草食动物和总同它们为敌的动物，态度很不相同。在地上孵卵的鸟巢，有时因为羊、鹿或其他草食动物行近而面临危险，但是鸟不像对待狗或狐一样，在巢上扇动空气，锐叫，威吓地对着它的头冲去，尽力把它引到别处。即使巢也许未被触动，小鸟为保护巢而向大动物和人冲撞和猛攻，这行动显得纯粹是本能的，不自觉的，几乎是无意识的。这种动作在蜂鸟中比其他鸟更为常见；蜂鸟对于草食动物和捕食生物的动物似乎并不区分。它们看见一个大动物到处行动时，便飞近去看一会，于是突然飞开；假如大动物离巢太近，它们便进攻，或威吓着要进攻。在查看蜂鸟巢的时候，它们冲到我的脸上。这动作同拉普拉塔常见的一种不刺人的蜂相似；那是一种钢蓝色，身体又圆又壮的昆虫。在人走近它在上面筑巢的树或矮丛时，它奇怪地撞来撞去，高声嗡嗡叫着，间断地在他头上七八码处停住不动 10 或 15 秒钟；于是突然如闪电冲到人脸上，狠狠打击一下。蜂仿佛震晕了似的落到 2 英尺外的地下了，以后又再起来重复这种行动。

这种简单的本能动作，不能认为是聪明或有意识的，在它与多数鸟在卵或幼鸟面临危险时的动作之间，有很大的区别。在地面空旷地方孵卵的鸟，小鸟和巢所面临的危险是不同的，抛开异常的生物——人——不说，我们看出，一般说来鸟的判断是不错的。在一种情况中，在救巢时它必须保护它自己；在另一种情况中，只对巢有危险，它就表示出它并不为自己害怕。关于最后说到的一点，我在南美大平原观察到一只凤头麦鸡（wheatear）的动作，可以作为顶特殊的例子。这只鸟高声兴奋的大叫引起了我的注意；一只羊刚躺下去，鼻子正对着内有 3 个卵的鸟巢，麦鸡就尽力使羊站起来走开。天气炎热，羊一动不动；可能鸟翼的扇动使羊满意。在羊脸上打了几次之后，它开始狠啄羊的鼻子；羊抬起头来，但是不一会就厌倦了，鸟马上也又打啄起来了。头又抬起来了，然后又低下去得到同样的结果，这样继续了 12 或 14 分钟，直到烦恼受不住了，羊才把头抬起来，不再低下去，保持着不舒服的姿态，鼻子高翘到空中，羊似乎决心不走了。凤头麦鸡等待着，最后跳去扑羊的脸。跳不到鼻子，渐渐有一次啄住羊耳，鸟便垂下翅膀，摆动两腿，在那里悬挂着。羊摇了几次头，最后将鸟摇掉了；但是刚一摇掉，鸟又跳起啄住羊耳；最后羊败阵了，挣扎着立起来，把鸟抛开，懒洋洋地走开了，一面不断地摇着头。这鸟让羊这样行动，该有多大的信心呵！

对于凭经验知道无害的哺乳动物，鸟有完全的信心，观察过石䳓（chats）同野兔相处的人一定很熟悉。我们会想，野兔那样活蹦活跳，对于性情那样胆怯的鸟，一定是很会"引起不安"的吧。兔每安静一会之后，会令人吃惊地突然跳起来，仿佛惊疯了似的猛然奔跑开；但是这种奇怪行动一点也不使鸟伴惊骇。3月有一天傍晚，我在萨里郡靠近俄克列地方，看到一种有趣的情景。约在日落半点钟之后，我在向村庄散步，这时我听到一只石䳓高叫的声音，我向声音传来的地方转过眼去，看到略近一片小绿地中心，周围有矮树篱，稍高起处有5只鸟。它们是来这里过夜的。鸣叫的鸟直立着，在其他的鸟在一二码外落下之后，还断断续续叫了一会。突然间，在我站在那里观察鸟的时候，树篱间有沙沙的声音，两只雄兔跳出来，发狂似的边斗边跑，有一会工夫它们靠近树篱，但是斗架的兔不在一个地方久待；它们不断动着，虽然主要只是绕圈子，一会这样——跑和追—— 一会像闪电一样，前面的兔转回头，于是相撞相咬，一块滚来滚去，它们一下又起来了，相离很远，疯了似的奔跑。渐渐它们离树篱越来越远了；最后碰巧它们到了石䳓安息的地方，它们在这里又互斗了三四分钟。但是鸟拒绝被驱赶走。原来叫的那只鸟仍然直立着，抬着头期待，仿佛等候着有什么闲游人出现，而其他的鸟都在原地不动。在战斗旋涡中它们那样稳静，看起来令人惊异。只有一只鸟和一只飞奔的兔在一条直线上，鸟再不动，过一会就要被撞或碰死，它才动一动；这时它会跳开几英寸，随即又落下来。这样每只鸟都被迫动几次，直到战斗移到田地另外一边，这窝鸟平安无事了。

赫伯特·斯宾塞（Herbert Spencer）说得不错，合群的动物"意识到彼此相处一处是愉快的"。但是他似乎把这种感情只限于同一兽群、鸟群或同类。谈到母牛的心理过程，他告诉我们：鸟来到大的哺乳动物跟前，通过它的视野，会给它留下印象；这些鸟只被朦胧地认为是阴影或影子似的东西，在草上或空中掠过或飞来飞去。他不了解母牛的心理。我深信：一切动物在不同种的动物中清楚地看出，它们像自己一样，是有生命、有感觉、有理解力的生物。鸟同哺乳动物碰到一起时，虽然身体大小、声音和习惯等等大有差别，意识到彼此的存在还是很高兴的。我相信，在母牛和它经常改变的小伴侣鹡鸰之间，同身体大小更相近的鸟与哺乳动物，如鹧鸪、雉鸡（pheasant）和野兔之间，有同样强烈的同情。

同我们相处有点这样快乐感情的唯一的鸟是知更雀。虽然并不是普遍如此，甚至不是很常见，但麦克吉利夫雷（Mac Gillivray）谈到知更雀在恶劣天气时对人的信任，却很真实。他说，"在平常时候，它不是完全相信人的"。任何人到园子里或灌木丛跟前，走近一只知更雀，都可以自己证明这种情况。我们也看到，人接近鸟巢时，鸟表示极为不安。不过，这一点不必过于考虑，因为即使是最好的朋友，孵卵的鸟也不欢迎他来访。仍然没有疑问，知更雀比其他种的鸟对人不信任的程度少，但却不是因为多数人对这种鸟更怀好感。古怪的一点是：幼鸟发现人身上有点吸引它们的东西。通常在夏末可以看到这种情形，这时候老鸟都躲藏起来了，许多幼鸟占据着地面，显得同人相处很是高兴，使人吃惊。常常一个人在园里漫步不多分钟，便会发现这种有斑点的小鸟同他在一处，跳动着，从这一树枝飞到另一树枝，偶然落到地上，同他结伴，有时离他手不过一码静坐着。园丁常有一个友好的知更雀伴随着，他掘起土来时，鸟就到他脚跟前，啄起小蛴螬和虫子。这样常常遇到的驯服，幼知更雀的这种驯顺，像同园丁或樵夫做伴的鸟那样子，不可能是一种后天获得的习惯吗？幼知更雀发现人在植物周围活动，或者采摘果实，潜藏的昆虫会被从树根那里翻腾出来，小蜘蛛和毛毛虫会被从树叶上摇落，是不可能的吗？我们对于知更雀，就像牛对于鹡鸰、羊对于欧椋鸟一样——是食物的寻觅者。

在与家宅有关系的鸟中，在对待人的方面，燕是另一种比较特殊的鸟。它是太属于空中的生物了，没有什么兴趣与太笨重的、离不开大地的动物相处；距离太远，同情也就不能存在了。考虑到它同我们的关系多么密切，它对于我们有多大意义，就难于相信它会不意识到我们对它的好处。它春季回来时，喜气洋溢在房屋周围呢呢吐露令人愉快的轻盈音乐，但并不是对我们歌唱；在长期离别之后，它又作为受欢迎的客人再见我们，却也并不感觉喜悦。不过情形就是这样的。地上没有房屋的时候，它就在岩石的洞穴里筑巢，那里有母狼的巢，它的生活和音乐也同样欢快，母狼在下面石板上给小狼喂奶，它也无所谓。但若偶然狼向上爬一些或鼻子太近鸟巢，它的活泼的呢呢很快就变成了惊怒的锐叫。对于燕子，我们并不比见不到的狼更为重要，只要我们不去探视它的巢，触摸它的卵或幼鸟，它不认识我们，也不大意识到我们的存在。只是对于同自己一样轻盈迅飞的生物，燕子才有合群的感情和同情——它们是它在宽广的田野上和空中的游伴。

在乡村的街上，人走来走去，燕子在那里追捕苍蝇，是常见的情形。雨燕同样有信心。不多时以前，在萨里郡法纳姆墓地站着观察 10 到 12 只雨燕在空中比赛似的飞行，我看出每次回到教堂，它们都走同一条路线，在同一方向绕过钟塔，于是急落近地面，然后再飞起来。我走到它们接触地的那块地方，直接把自己摆在它们的赛道上；但是它们并不因此改变路线；它们每次叫着飞回，从我头上过去，近得几乎翅膀碰到我的脸。有一次在弗连协姆，那里乌鸫、燕和雨燕很多，它们对人在近前毫不在乎，最使我吃惊了。这是在 5 月，约在我见到两只野兔打架之后 5 星期，那时还看到一群石鹠，在打的全部过程中，表示出惊人的镇静。下了一夜雨之后，早晨闷热，在向弗连协姆大池散步的时候，我看到鸟在水周围翱翔。5 月蝇刚刚出来，这消息以一种神秘的方法很快传遍了周围各处。鸟数极多，周围几英里村庄田舍的全部燕子，家燕、灰沙燕和雨燕一定都聚集在这块地方了。在我向前走近的池塘那一边，有一片约一百二三十码长、四五十码宽的绿地，鸟在这片地上面，从这头到那头来回平滑迅速飞行。整个地方似乎因为它们而充满了生命。匆匆忙忙向那块地方走去，我遇到一件小小的趣事，在这里叙述也许没有什么不恰当吧。我步行穿过零零落落的荆豆丛，注意地向前看着燕子，我的脚几乎碰到了一只母雉，它正在掩护着矮丛旁一片光地上的幼鸟。刚刚及时看到了它，我一惊后退；于是脚离鸟约有一码，我站着看了它一会。它一点都没有动；它好像是用色彩斑丽、磨得很光滑的石头雕刻的鸟，但是它的明亮的圆眼却有极为警觉和野性的表情。尽管它很安静，可怜的鸟一定为恐怖和怀疑所苦，我不知道这种紧张情况它能忍受多长时间。它忍受了约50秒钟，于是锐叫着猛然跑开了，猛烈得把七八只小鸟像小绒毛球一样，抛到四面二三英尺远的地方；离开了20码远，它落在地上，扑着翅膀，并高声叫着。

我继续向前散步，四五分钟后就到了绿地上燕子群中了。它们有好几百只，飞的高低不同，不过多半是低飞，所以我向下看，它们就形成了一个美丽的奇观，它们是那样稠密，飞得那样直、那样快，成了一道或不如说多道河流，并排向不同方向流着；用几乎闭起的眼望去，鸟像绿地上一条条黑线。它们是沉默的，除了有灰沙燕低鸣；在全部过程中，它们完全不顾及我，无论我是静静站着，还是在它们中间行走；只在我直接挡住一只鸟来路的时候，它会想旁侧一点，直到不碰着我为度。

就在当天傍晚，一群戴菊因为我在跟前而不安，使我很有点惊讶不解；它们的动作这时特别有趣，因为同雄鸡相遇，见到燕群和它们对我漠不关心的情况还记忆犹新。这件事对于在这里所讨论的问题只有间接的意义，不过我想值得记述。

离弗连协姆池约2英里，有一片冷杉林，树间生长着许多荆豆；前些次我步行从这个林穿过时，我注意到这里戴菊很多。在上面说的日落不久的傍晚，我意识到头上树枝间有一种奇怪的骚动——也意识到这骚动已经进行一时了，不过因为我心有所思，没有留意到。颇大的一群戴菊在树枝间穿来穿去，从这棵树到那棵树，在我头上和旁边，一同发出极猛烈的惊叫。我停住脚，听这锐声的小小合奏，并从树枝的荫蔽中，尽力观察那些极不安地在树间穿来穿去的鸟。十分清楚，我是引起不安的原因，因为只要我还站在那里，鸟数便不断增加，直到不下有四五十只，我再向前走时，它们跟随着。海鸥（gull）、燕鸥、凤头麦鸡和几种其他的鸟，在接近它们的巢时被锐叫袭击，是可以意料到的；但像戴菊这样小鸟，通常对人并不介意，它们这种敌对的表示却使我觉得很反常并可笑了。我自问，我以前到林间来，一点也不惊动它们，它们突然惊恐是为了什么呢？我只能假设，我不知不觉地触到了一个鸟巢，母鸟的惊叫惊动了其他的鸟，使它们聚集到我跟前，它们在朦胧的光线中，误认为我是捕食生物的动物了。3个月之后，我才偶然得到了正确的答案（我认为正确）。

8月我在爱尔兰，住在韦克劳山中一处农村人家。马厩那里有一两个燕子巢，矮得手都可以够得到，燕子飞进飞出，什么人在附近都不介意。不几天内，幼鸟出来了，成排坐在屋顶或附近一个短篱笆上，老鸟喂了它们一段短时间。幼鸟能照管自己之后，它们仍然不离房屋周围，邻近更多的燕子也加入到它们群中了。一个晴朗的早晨，40到60只鸟欢叫着在房屋周围飞，我到园子里去摘水果。突然一只燕子在我头上锐声惊叫，同时向我冲来，几乎掠过了我的帽子，以后飞起来又继续俯冲，同时高叫着。立刻其他燕子都到这块地方来了，一同鸣叫，在我头上飞来飞去，但不像第一只燕子一样向我冲撞。有一会我对这种进攻很吃惊，于是我向周围看望找猫——我想一定是因为猫。这只猫有藏在鹅莓丛中的习惯，我弯身下去摘果时，它会突然跳到我的背上。但是猫并不在跟前，又因为燕子继续向我扑来，我想我头上一定有什么引起惊骇的东西，便立刻摘了帽子看一看。不一会惊叫声就停止，燕子向各方飞散了。没有疑问是我的帽子引起不安；帽子是花呢做的，暗灰色，有暗棕色条纹。把它扔到地上矮丛中，我看它的颜色和条纹像一只灰色有条纹的猫。什么人看到它放在那里，一上来都会误认为是一只猫蜷伏在矮丛中熟睡。于是我记起，在弗连协姆我被戴菊袭击时，戴的也就是这同一顶，看来引起幻象、外形危险的花呢垂钓帽。当然，只有鸟从上面看望帽顶，才能产生这样幻象。

——自《鸟与人》（*Birds and Man*, 1901）译出

一个村庄里的猫头鹰

11 月里，我在米德兰平原漫游的时候，拜访了一位朋友，他以前向我描述过，他所居住的僻远土气的小村庄有许多引人喜爱之处，并告诉我那里经常有很多猫头鹰。

居住在农村及其附近的夜游鸟，多半是白色或仓房猫头鹰，它们偏爱仓房的顶棚或教堂的钟塔，愿以那里为家生育后代，而不喜欢常春藤掩盖的有洞的树。顶棚干燥宽大，是最好的躲避暴风雨的地方，虽然不能总躲开残酷的人为的暴风雨。更大的林间猫头鹰被认为脾气不同，它住在深林里面，喜爱"隐蔽、幽暗和隐居"——一个彻头彻尾的隐士。并不是到处都是这样，在我朋友格洛斯特郡（Gloucestershire）的村庄肯定不是，在那里人们并不知道有白色猫头鹰，褐色或林间猫头鹰却很普遍。但是这里不是树木稠密的地区，树木很小，分散得很远。不过这里有很多老树篱，田野里也有许多分散的大树。猫头鹰居住在这些树上，数目很多，就只因为猎场看守人不总是拿着枪，农民倒更把猫头鹰看为朋友，不看为仇敌。

稍进一步谈谈这件事，这里并没有猎场看守人，因为人工饲养野鸡这种费钱的奢侈，地主们承担不起。这地方是富裕的，或是富裕过，但土壤是黏土，极端坚固，要有四五匹马拖拉一架犁。5 匹大马站成一行，拖拉一架犁，走得很慢，远处看时似乎一点不动，看起来实在是奇怪的。假如有些地方还种一点麦，那像农民所说，只是因为"我们一定要有麦秆"。土地多半荒着未耕种，许多荒地可以用 5 先令买一英亩[1]，地主们要支付款项的时候，常常只收半价就乐意卖了。

以前犁过的地，现在作为牧场了，可是地上牛羊很少；我们只能假设土地不适于牧放，或者农民太穷，买不起足够的牛羊。

从高处一看，宽阔的绿色田野显得真正是一片荒原；无用的树篱围着空空的田地，分散的老树，没有生命，只有中午的安静，仅有远处的鸟声偶然打破沉默，这奇怪地留在脑子上一种印象：仿佛见到了未来时代的幻影，或无人居住的英格兰的幻影。这是能使人身心得到休息的；其中有一种令人忧伤的魅力，同未被接触过的大自然魅力相似，虽然不如那种有力量。

---

1 英制面积单位。1 英亩等于 4047 平方米。——编者注

在这里，到处可以看到人劳动和占有的痕迹——田地里一行行犁起的波浪似的小埂，现在上面长了一层草；还有树篱把地面划分成无数形式不同的大小块块。还不算荒野，但有点东西表现出伴随荒野的凄凉——这不久就有变成荒原的可能，因为草同草本植物现在将自由生长，过去千年中不断修整的树篱不再受限制不向外扩张了。

在这个地区，农场建筑和小屋并不遍乡分散。农场建筑一般构成村庄的一部分；村都并不大，多半被树遮隐着看不见，或在山旁的峡谷里面。从有些处的高地，可以向周围看望许多英里，见不到人住的房子，在这样地方，有时几点钟见不到一个人影。

我所住的村庄叫维列色（Willersey）；离它最近的，约在一英里多以外，是圣伯里（Saintbury）。后者是这样一个美好安静的地点，一个厌倦尘俗的人一见到会叫："我愿在这里终了一生"。是一个旧世界的小村庄，坐落在深深的山旁峡后最隐蔽的地方，周围有树，村里有草顶的小小石屋，并不整齐，但颇悦目；有个小小的酒店；有长满常春藤的牧师宅；一座古老的石教堂，地衣使得它变成黄灰色了，矮矮的方形钟塔被周围的树盖住了。在绿坡的较高部分闲坐着，什么也不想，那小小的乡村中心就在脚下，是一种欢乐。每天总有很多点钟异常沉静，这时男子们远在田地上，儿童们被关在学校，妇女在自己的小屋里。只偶然有鸟声打破沉默——远远的一声粗音鸦鸣，或近在眼前突然的一声喜鹊惊叫，这颇像一只山羊断断续续颤声咩咩。假如村里树上掉下一只苹果，那弯弯曲曲的小街从这头到那一头都可以听到——每间小屋的人家都知道一只苹果落地了。在有些天里，打谷机的声音会从一二英里外传来；在那沉静的空气中，听来像是一只大苍蝇的嗡嗡声扩大了一百万倍。一种营营或清楚的乐音，有时颤颤，时高时低扩大充满这个世界，接着变得低微而消失。这是人为的声音之一，像教堂的钟声一样，同乡村景物是和谐的。

傍晚时儿童们都游戏，他们的锐叫和笑声传遍村庄各处。太阳落下，景物朦胧的时候，他们便从各方面互相呼喊，模仿林间猫头鹰的叫声。秋季黄昏时，这地方的儿童们似乎自自然然学习猫头鹰的叫声，像英格兰在春季各地儿童喜欢模仿布谷叫声一样。儿童们像好社交的饶舌的鸟一样，喜欢有一种固定的叫声，用来在相离很远的时候互通声气。但是他们并没有自己的固定喊声，像低级点的动物喊声那样分明。他们模仿一种自然的声音。在米德兰村庄的儿童们所模仿的是林间猫头鹰清楚的长鸣；各处声音特殊而可模仿的动物，都被儿童们所利用。在大城市中听不到这样的声音，他们就发明一种叫声——这就是，一人发明，别人随即接着使用。人类虽然在过去过了很长一段时期的野生生活，可竟没有一种分明的呼声或普遍理解的喊声，是奇怪的。在野蛮部落中，人常模仿一种野兽作为呼声，正像我们的儿童夜间模仿猫头鹰，白天模仿白昼活动的动物一样，其他的部落有他们自己的呼声，是他们特有的叫或喊；但这不是本能使用的——这只是一种象征，是人工的，像澳大利亚丛莽中居民拖长刺耳的"Coo-ee"，我们用来叫住马车的突然的"Hi!"和其他形式的呼唤声；甚至还有早晨送奶人凶呼呼的咯咯叫声。

天黑以后，村里极为沉静，直到约 9 点半到 10 点钟的时候，容易同人类模仿者辨别的真正猫头鹰就开始叫了——一上来只是长长而不变调的叫声，然后在沉默 8 到 10 秒钟之后，接着是较长的、美得多的叫声，一上来有点发颤，渐渐稳定清楚，稍稍有点变调。莎士比亚所写的在书本上代表林间猫头鹰叫声的符号是"hoo-hoo"同"to-whin-hoo"；但是燕麦秆做的乐管声，或猫头鹰的叫声，你是拼写不出来的。这叫声中既没有"w"，也没有"h"和"t"。它暗示一种类似人声的声乐器，但很没有英国味——或者像阿拉伯人向真主祈祷时所用的带点鼻音的高声调。我们提不出一种准确的声乐器，这种乐器很多；或许这种乐器绝迹了，在很久以前，猫头鹰是从情人们学的歌，他们在黄昏时用忘却了的语言求爱：

　　　　用记不起形式的乐器，

　　　　　　将一种声音教给轻柔的风。

不，不能是这样，因为林间猫头鹰的音乐，比人用手造成、用唇来吹奏的任何乐器都要更为古老。夜间听着它们的合奏，许多音调从远近传来，像人声，但却飘逸、灵巧、神秘，我们可以想象：这声音对于我们有一种意义和启示；像夏芝的凯尔特语抒情诗中的妖仙一样。歌声歌唱着：

> 我们老了，老而欢快，
>
> 　哦，这样老了；
>
> 好几千年，好几千年啦，
>
> 　若是统统计算起来！

我们要请问，旧石器时代的人听林间猫头鹰叫之后有多长时期了，妖仙们一定比地质学家和人类学家们给我们更可解的答话。这种声音对于我们和对于他——对于能直身行走、微笑并仰望天空的人，和对于弯身行走、俯望大地的它，有同样的意义吗？答话既否定，又肯定。独白在又暗又静的黑夜，站在大树下面，这声音似乎增加孤寂感，使幽暗深化，使沉默更静。在这样时刻，将我们的视线转向内心，我们震惊地一瞥我们灵魂中天性的黑夜一面；我们有了奇怪的料不到的客人，和我们生活没有关系的奇特的生物——它们在童年之后已经死亡被埋葬了，这时又奇迹般地复活了。我们回到烛光和炉火光，第二天黎明的时候，这些黑夜的儿童和没有实质的物影

> 　消失到
>
> 　　平凡日子的光中了。

圣伯里的村人多少还停留在原始的心理状况中；平凡日子

的光还没有把他们从幻影中救出，以下的事例可以表明。

在维列色附近，有些棵很大的老榆树，是猫头鹰喜欢的聚会的地方，在一次没有星光漆黑的夜里，约10点钟时，我在那里倾听它们，它们停止叫的时候，我还一动不动站在那里半个钟头。最后，在圣伯里那个方向，我听到沉重的脚步声，穿过犁过的不平的地面，向我走来。这个人越走越近，到了我紧靠在那里站着的树篱，他攀爬过去，刺扎刺了他，他对刺咒骂；于是看见两三码之外的我，他惊跳回去，站稳了脚，看到在那个地方有个不动的人形，非常吃惊。我向他打招呼，解释我在那里是为了听猫头鹰叫。

"猫头鹰！——听猫头鹰！"他定睛看着我，叫道。过了一会他又说："我们圣伯里猫头鹰太多了。"他问我听说了吗，一个妇女大白天听到一只猫头鹰在她的小屋跟前叫，一两星期之前突然死去了。嘻，猫头鹰又在那同一棵树上叫了，谁也不知道它是为谁叫的，接着会发生什么事。村里为这事很激动不安，全部孩子都聚集在树跟前，向树里扔石头，可是猫头鹰就是抵死不出来。

他听说的有关那位妇女的事情，在这个开明的国土上读起来是个奇怪的小故事。表面上她是很健康的，是一位妻子，一个孩子的母亲。但是在她突然死亡不几星期之前，发生了一件事使她精神不安。一天下午，当她独自坐在小屋里喝茶的时候，她看到一只蟋蟀从开着的门进来，一直跑到屋子中间。它停在那里不动了，她没有离开座位，拿了几片湿茶叶，扔到受欢迎的客人跟前。蟋蟀活动到茶叶跟前，在它接触到茶叶，似乎就要开始吸吮湿叶水分的时候，使她丧气的是，蟋蟀转向一旁，跑出门外，不见了。她把这件令人吃惊的事情告诉了邻人，并忧伤地谈到一位姑母，她的姑母住在另一村，她知道姑母健康不佳。"这一定是为了她，"她说，"我想，我们不久就会听到她的坏消息。"但是并没有坏消息传来，她开始相信这个不愿待在屋里的蟋蟀是个假先知，这时猫头鹰的警告又使她大吃一惊。中午时，路旁紧靠她的小屋，上有常春藤遮盖的一棵老七叶树上，有猫头鹰鸣叫。村里人像平常一样摇着头，郑重其事地议论这件事。年轻妇女对于患病姑母的康复完全绝望了。因为她的亲人中有一人要死是肯定的，除她的病姑母之外，再不会有别人了。到头来，这个警告和信息是为了她，而不是为了她的姑母。猫头鹰在大白天叫了不多天之后，她正在忙着家务的时候，在自己的小屋里倒下去死了。

第二天早晨，我同在维列色拜访的朋友一起到圣伯里去，前晚所听到的故事被证实了。猫头鹰确是在白天在那棵老七叶树上叫了，不久以前这预告了那位年轻妇女的死亡。村里有一个人正在为树附近一间小屋修茅草屋顶，他告诉我说，猫头鹰叫一点也不使他焦心。他说得不错，秋季猫头鹰常在白天叫，他不相信那是任何人要死的意思。

无消多说，这个持怀疑论的青年，离开村庄在外边过了很长时间。

在维列色，安得路司（Androws）先生，一位在村里有个大花园并有果园、也爱鸟的人告诉我说，他有一时养过一只爱鸟——林间猫头鹰，有一段有趣的故事。他得到它时，它是一只幼鸟，从没有把它关起来过。一般它白天多半时间都在一棵苹果树上度过，太阳低落下去的时候，它在园地里飞来飞去，一直等找到他，这时便落到他的肩头，同他一块度过夜晚。在一件事情上，这只猫头鹰同其他享受自由的爱鸟不同：它对家里的人和外面的人不分彼此；它会飞到任何人的肩上，但它只向经常喂它的人叫饿。因为它随意到各处去，所以人人都熟识它，它长得美又完全信任人，它就渐渐有点成为全村的爱鸟了。但是白天短，夜晚又长又暗——在一个树木隐蔽、没有灯的小村，能暗到什么地步呵！——使猫头鹰在感情上发生了一种变化。它总在夜晚外出，鼓动长着嫩毛的无声翅膀，没人看到，它在暗黑中滑动，并很突然地落到任何一个适在户外的男子、妇女或孩子的肩上。男子们觉到恶爪突然抓住他们的时候，便野蛮咒骂；女孩们会高声锐叫，跑进最近的小屋。恐怖使她们的心乱跳，接着是大笑，因为只是养驯的猫头鹰，但是下一次仍然感到同样的恐怖。年轻妇女和儿童们不敢夜晚外出，唯恐那个眼睛明亮的怪物会扑到他们肩上。

最后有一天早晨，猫头鹰没有在夜游之后回来，过了两天两夜都没有看到它，安德路司先生便认为它是丢了。第三天，他在果园里，从一簇矮树丛经过时，听到很低的猫头鹰认识他的叫声。可怜的鸟这些时都隐藏在这个地方，他拿起来看时，发现它很弱了，断了一只腿。毫无疑问，村里有人在鸟要落到他肩上的时候，用手杖打它下来，使它受了伤。骨头被灵巧地修治好了，鸟受到精心照顾，不久它就好了，同以前一样结实，但是它的性情起了变化。它对人失去了信心，它对包括家里人在内的一切人都怀疑，任何人走近它，它都睁大眼睛，略向后退。它再也不落到任何人肩头上了，虽然像以前一样，夜晚它还在村里飞来飞去。不知不觉地，它飞的范围越来越广，它也变得越来越野了。与人类共处不再愉快，也就没有什么必要了；最后它找到一个伴侣，乐于不介意它的讨饭为生的过去，它们便一同离开，去过野外生活去了。

——自《鸟与人》（*Birds and Man*，1901）译出

在威尔斯的林鹞

在威尔斯大教堂的东边，紧靠那绕着主教宫殿的壕沟，有一个美丽多树的地方，是一个陡坡，鸟在那里有着大本营。那里有很多吸引它们的东西：后面有山掩护着，它是个温暖的角落，是有树的一隅，被朗鹞（redstart）所爱的高旧石桥保护着，有成丛的常春藤，有冬青的矮丛，墙外面又有绿色的草场和流水。出去散步的时候，我总从这个树林里穿过，在里面流连一会；我要吸一管烟，或者要在树间，或者要在阳火中自己懒懒散散过一钟点的时候，我几乎总到我所爱的这个地方。在一天不同的钟点，我总是一个来访的人，而且在那里我听到最初的春季回来的候鸟——嚣鸡、柳鹞（willow wren）、布谷、朗鹞、白颊鸟（blackcap）和白喉雀（whitethroat）。在 4 月将

51

终的时候，我便说道：没有再来的鸟了。因为斜颈鸟（wry-neck）、小白喉雀和园禽都没有出现，而且来过邻近的少数夜莺（nightingale），在几英里外更隐蔽的地方住下了，在那里矮的丛薮中的百万叶子，不会被大教堂的和谐响亮的钟声震得颤抖。

可是，还有一种是要来的，或者是我在这一切鸟中最爱的吧。在 4 月的最后一天，我听到林鹪（wood wren）的歌，立刻其他的音调便不再使我感兴趣了。甚至最后来到的，悦耳的白颊鸟，也许从 2 月以来便在那地方歌唱了，像欧鹪（wren）和篱雀（hedge sparrow）一样，可是和这个迟到的鸣禽比较起来，歌调显得是那么熟悉而又乏味。我欢迎它到那个特殊地方，远不仅仅是欢喜，若是它愿意住在那个地方，我就觉得它十分靠近我了。

大家很知道，在刚到这个国度之后，在 4 月底或 5 月初，才恰好可以看到林鹪，这时年轻的叶子还没有像以后一样完全隐藏住它的瘦小的不安的形体。因为它也是绿色的，像渥兹渥斯（Wordsworth）[1] 的绿雀（green linnet）一样，

　　　　他似乎是树叶的弟兄。

为什么"他"在最初住在我们这里的几天里，可以看得

1　渥兹渥斯（William Wordsworth，1770—1850）是英国的诗人。

最好，还有另外一种理由：那时候，它不像它以后的习惯一样，总在它所常去的树的较高部分，可是到以后空气变温暖了，它所吃的小翅膀的昆虫，在高大的橡树和榉树的被阳光照到的较高丛叶上为数众多以后，它便常到高处了。因为林鹞这种爱高攀的习惯，再没有像它那样难观察的鸟了；你可以在一个地方过几点钟，它的声音每隔半分到一分钟便从树中传出，可是它的形体你连一次也瞥见不到。在4月末的时候，树上发的叶还很稀少，上面的丛叶不过是件轻飘的衣服，薄薄的一层金绿色的轻雾，太阳照射过来，照亮蒙胧的内部，使得旧时落的榉叶的落叶层看来像红金的地板一样。爱太阳，并对冷很敏感的小翅膀的昆虫，那时候靠近地面任性游乐；鸟也宁愿在离地面近的地方。我在威尔斯所观察的林鹞的情形是这样的，一连好几天观察着它，有时每次一点钟或两点钟，通常总每天在一次以上。在总可以找到它的地方，完全没有矮丛，而且树又直又高，多数有细长平滑的干。站在那里，我的形体对于那地方所有的鸟都是很显明的，但是有一时，我觉得仿佛林鹞对于我在跟前一点点也不注意；它在日光和阴影中随兴来往时，我的不动的形体对于它也不过是一段生苔藓的树桩，或灰色直立的石头罢了。渐渐地变得明白了：鸟知道我不是一段树或石，却是一个奇异的生物，我的外表使它很感兴趣；因为毫无改变的，在我站好位置一会之后，它的从一枝到一枝，从一树到一树，自由不拘的短飞，使它越来越近，最后它靠近我停留多半的时光。有时候它漫飞开四五十码，但是不一会它又漫飞回来，和我在一处，常常停落得这样近，它的羽毛上最微妙的颜色深浅，也都被我清楚地看到，仿佛它停落到我手上一样。

在不习惯的地方看到人形，在鸟中总引起很大的注意，这唤醒它们的好奇、猜疑，还有惊吓。林鹩也许只是好奇，并无其他，它靠近我所以显得奇怪，只是因为它同时仿佛是完全注意着它自己的音乐。有两三次我试验走开五六十码，站一个新的位置；但是总过一会之后，他也就飘飞到那里去了，我也会让它靠近我，歌唱着，活动着，像以前一样。

我欢喜这种好奇，假如这是鸟的动机（我无意地吸引了它，我是不能相信的）；因为在我所见到过的一切林鹩中，这一个似乎是最美丽的，在活动上最优雅，在歌唱上最不倦。这无疑的是因为我看得这样近，又这样久。它的羽毛新鲜，上面微黄带绿，下面是白色的，使它有一种惊人的优美外表，而且这些颜色同正开放的叶子的嫩绿、细长树干的淡灰和银白色，是调和的。

西博姆（Seebohm）关于这类鸟说道：

> 他们到达我们的林中，羽毛惊人的完美。在清晨的太阳中，他们的微黄带绿的颜色，和他们在其中嬉戏的半长成的叶子，几乎一样鲜嫩。放在手中，眼纹的微妙深浅颜色，翼和尾毛的边，是奇妙的美丽，但是经过剥鸟皮的人粗鲁的处置，几乎全部丧失了。

结尾的话听起来几乎是奇怪的；但是这个气仙（sylph）似的生物被枪打，可怜的尸体又被填鸟的人加以收拾，有时破碎不堪，却是事实。它的"放在手中"的美，和它活着、动着、唱着时所显示的美，是无法比较的。它飞的时候的外观，因为翅膀更长、敏捷，和其他的鸣禽是不同的。多数的鸣禽飞和唱都是匆匆促促；林鹩的活动，像它的歌一样！是更缓慢，更从容，更美丽的。它唱歌与飞翔的时候，一次静下几分钟的时候是少有的，它总不断地从这一枝到那一枝，从这棵树到那棵树，每次找一个新的栖枝，便从那里唱它的歌。在这样的时候，它有颜色柔嫩的小茶隼或土鹈的外表。它在空中开始唱歌的时候，它的外观最可爱，因为这时候它的敏捷的长翼，对于最初发出的清楚有节的音调——歌的序曲——打着拍节。不过通常它飞时是沉默的，到了新的栖枝时歌才开始——一上来是像乐拍一样的清楚的音调，越来越快，一直到它们急奏抑扬成为热情的长颤音——和其他都不相同的林间的声香。

在初春的时候这样切近的看来，林鹩虽然显得是一个可爱的鸟，可是我在小鸟中喜爱它，并不是因为形色的美和优美的活动，这只可以看一个短短的时间，却是因为它的一直到9月的歌；不过也许为这种偏爱，我不容易找出一个理由吧。

在这次调查中记起渥兹渥斯爱夜莺——那个"心里热情充溢的生物"，不如爱野鸠，使我略得安慰。诗人的禽鸟学有时候是有点靠不住的，但是假如我们认为他指的是斑鸠，他的偏爱对于有些人仍然显得奇怪。或者毕竟也不算很奇怪吧。

有些特性，我们同意视为在鸟的音乐中是最高的，若是我们取出其中任何一种，我们看出林鹨和其他歌鸟相较，是不行的——用这种标准衡量，它是一个很劣级的歌鸟。在变化上，它比不上歌鸫、园莺（garden warbler）、水蒲苇莺（sedge warbler）那些鸟；在声音的明亮和纯净上比不上夜莺、白颊鸟等鸟；在力度和欢乐上比不上云雀（skylark）；在圆润上比不上乌鸫；在活泼上比不上金翅雀（goldfinch）、苍头燕雀（chaffinch）；在甜美上比不过云雀（wood lark）、树鹨（tree pipit）、苇莺（reed warbler）、石䳭、鹡鸰；以此类推，在所有最后我们认为重要的特性上，比不过其他鸟。那么，林鹨的歌究竟美在什么地方呢？声音和其他任何方面的不同，并算不了什么，因为关于斜颈鸟、布谷和蚱蜢雀（grasshopper warbler），也可以这样说。对于许多人，林鹨的音调只是一种鸟声罢了，称之为歌，甚至可以使他们吃惊哩。实在的，有些禽鸟学家说它并不是歌，只是鸣或叫，而且曾被形容为"粗糙"。

在这里我想起一位妇女，在从玛因赫得（Minehead）到林顿（Lynton）的马车上，她坐在我的旁边。她是住在林顿的，发现我是第一次访问那地方，便流畅热诚地描述它的引人爱处。我们到了地方，缓缓走进去的时候，我的同伴转身看看我的脸，等待着听到从我的嘴唇里流露出狂欢的赞赏表示。我说："有一件事情是你们在林顿可以自豪的。就我所知道的说，在这个国度只有这个地方，坐在你的屋里，开着窗子，你可以听林鹨的歌。"她的面色不悦了。她从来没有听到过林鹨，我指着鸟声传来的树时，她听了听，听到了，转过脸去，显然厌恶到不愿说什么话了。她将动听的言辞费在没有价值的人身上了——一个对于自然界的崇高和美丽不能欣赏的人。奇丽奔放的林河，夹着涛声和泡沫从崎岖的石床上滚滚流过，广阔的有树木的山，高高堆起的黑色岩石（有些处贴着美丽的红绿色的广告），我都默默地经过了——除了一只可怜的小鸟的啁啾外，没有什么东西感动我，就她所知，这只小鸟也许是一只麻雀！我们两分钟后下了马车的时候，她甚至连一声再会也没有说便走开了。

无疑的，很多人知道和关心鸟声的程度和这位妇人差不多；但是很知道并关心的另外一些人又怎样呢——他们对于林鹩是怎样想法，怎样感觉呢？我认识两三个人，他们和我一样爱这个鸟，近来有两三个写鸟的生活的作家，说到它的歌，也仿佛是爱它的。在多数情形中，禽鸟学家只引怀特[1]在第十九封信中的描写便满足了："最后的鸟只常到高的榉林里的树梢，每隔一段短时间，常常发出啮音的蚱蜢似的声音，唱时微微用翅膀动着。"

怀特说到柳鹩的"快乐、从容、欢笑的音调"时，对于它稍稍更为欣赏；可是柳鹩被承认为我们的最好歌鸟之一，却要等待很长的时候。几年前它大受约翰·巴鲁司[2]称赞，他从

---

[1] 怀特（G. White, 1720—1793）是英国的博物学家，著有《西尔邦博物志》（*The Natural History of Selborne*）。

[2] 巴鲁司（J. Burroughs, 1837—1921）是美国的作家，博物学家。

美国来听英国的歌鸟，他的思想主要的只在夜莺、白颊鸟、画眉和乌鸫上面。可是他吃惊地发现：这个不著名的鸣禽，关于它禽鸟学家固然说得很少，诗人更没有说到，却是最可喜的歌鸟之一，有一种"美妙的颤音"。他愤怒我们对这样歌鸟的忽略，叫道，它的歌太微妙了，不能取悦"约翰牛"[1]的耳朵；要达到"约翰牛"的好歌的标准，需要更高更粗的声音。喜爱出自衷心欢笑的人对于他这样表现自己，都不会觉得难过，他那样表现很代表美国人的特色。不过这个事实依然存在：只在几年前，巴鲁司对于英国歌鸟的赏识最初发表了以后，他发现在埋没不闻中憔悴的柳鹪，才有许多人称赞。至少它的歌的优点，现在比以前更自由地被人承认了。

或者会渐渐轮到林鹪吧。它仍然是一个无名的鸟，多数人或者不知道，或者知道得很少。比较我们所知道或乐于相信的，实际上我们更受旧时作家的影响，我们的偏爱多半是别人替我们造成的。他们所称赞并使得著名的那些种鸟，现在在一般人的估价中仍然保持着它们的地位，别种同样可爱，可是他们不知道或没说到的鸟，依然很少被注意。若是韦鲁必（Willughby），英国禽鸟学之父，知道林鹪，并对它的歌表示出很好的意见，它会更被人重视；若是乔叟（Chaucer）或莎士比亚（Shakespeare）选出它来稍加称赞，会有百万千万的人崇拜它——那是没有什么可疑的。

---

1 英国人的绰号。

不是研究或切近观察鸟的生活的人，除了很少几种最普通的鸟之外，不常知道其他，他们记得半打或三四种歌鸟的名字，听到使他们欢喜的音调时，他们便认为是其中的一种叫出的，这大概也是事实。我在英格兰西部一个地方，遇到这种普通错误的一个有趣的例子。我到那里去看山上的一座城堡，并由一个肥胖的老太太领我去看那美丽、却也很陡的园地，她的呼吸和耐性是同样短促。是5月的明朗的早晨，群鸟都在放喉高歌。我们从灌木丛中走过的时候，从不过3码以外的丛叶中，一只白颊鸟突然发出一阵狂放的、令人心爽的和音。"那只白颊鸟唱得多好呵！"我说。"那只乌鸫，"她改正我，"是的，它唱得好。"她坚持说那是一只乌鸫，而且为要证明我错误了，她向我保证那地方并没有白颊鸟。看出我不肯承认自己错误，她生了气，快快地不作一声了。但是10或15分钟之后，她又自动地回到这个题目。"我在想，先生，"她说，"你一定是对了。我说这里没有白颊鸟，因为人家这样告诉我，但是我却常说，乌鸫有两种不同的歌。现在我知道了，不过我抱歉没有早几天知道。"我问她为什么。她回答说："前几天有一位年轻的美国女子来到城堡这里，我领她在园地里走了走。鸟正像今天一样歌唱，她说：'现在我要请你告诉我，哪是白颊鸟的歌。你就想一想，我从多远前来，从美利坚！我和家里的朋友们告别的时候，我说："你们不羡慕我吗？我要到古老的英格兰去听白颊鸟的歌去了。"'我告诉她我们没有白颊鸟的时候，她是那样失望。可是，先生，若是你说的话对，这个鸟倒是总在我们跟前歌唱的！"

可怜的从美利坚来的青年女子！我愿意知道是谁写的文字首先在她的脑子里燃起一种欲望，要听白颊鸟的歌——在想象的耳朵中，它是黄金的声音，而最美妙的家常声音不过是银的罢了。我想到我自己的情形：想到怎样在少年时，这同样的鸟在我所读的一首诗的几行中，首先对我颤声歌唱；想到怎样在多年之后，在 5 月初明朗的黄昏，在尼特列（Netley）大修院，首先听到真的歌——美丽固然美丽，但和我所想象的歌何等不同！但是诗人的名字同时也被忘却了，所剩下的只有一种渺茫的印象（这仍然没有磨灭）：他约在 19 世纪初叶生存并享大名，现在他的名声和作品都被忘却掩盖了。

回到这章书所写的材料：林鸫——它的魔力的秘诀。我们看到了，用平常的标准试验，许多其他的歌鸟都比它高明；在它的音乐中有什么神秘的东西，使它对于我们有些人，甚至比最优秀的还要好呢？就我自己而言，我要说，因为它更和谐，更同周围的自然完全同调：它是更真实的林间的声音。

鹀[1] 通常在有光、有生命和活动的时候，总在开旷的树林、果园和丛树中歌唱，但是有时候在深林的中心，沉默被它突然的高歌打破：它是出乎意料的，而且在这样场所听起来显得生疏；那极欢快的响亮音调，像有阴影的地方的突然一阵阳光一样。这声音是极分明而且个别的，和林间的低调成为尖锐的对

---

1 指苍头燕雀。——编者注

照：它对于耳朵所生的影响，和颜色的鲜明的对照，例如大红或鲜黄的花独自开在一切都是绿色的地方，对于眼睛所发生的影响相似。林鹨所产生的影响是完全不同的。在高林中的无生命的自然界里，被风吹动的树枝，雨的滴答，无数叶子的喽嗫和喃喃，发出的是"低微颤动的声韵"（是由以上那些要素的声音组成的）；鸟的歌调不是和它相反，却是和它相成。就一种意义说，可以说它是一个平庸的、单调的歌——像是颤抖的长鸣的调子毫无变化的一再反复，但它确是评论所无法言表的——要评论，我们就得首先贬低风的音乐的价值。夏季的榉树林，高高的透明的绿色丛叶，中间有空的地方，满是绿色闪动的日光与阴影——这歌调是它们的声音。虽然响亮而且传得远，它却不使你觉得它高，倒像是丛叶中分散的风声被集中了，变清楚了——是一种有光有影的声音，高起和过去像风一样，随传随变，并且像风吹的叶子一样颤动着。因为这种和谐，它是并不平庸的，而且耳朵听它永远听不厌：耳朵倒更容易厌倦夜莺——它的最纯净、最出色的音调和最完全的技术。

在被太阳和阴影扫过的、波浪似的绿色大地上面，高高飞起的云雀的连续的歌唱，是一种以太[1]化了的声音，它充满碧蓝的空间，充满它并向下落，它是我们头上可见的大自然的一部分，仿佛碧蓝的天空，飘浮的云，风和阳光，不仅有种东西

---

[1] 古希腊哲学家设想的一种介质，后被用于解释光的传播。20世纪初确定了光（电磁波）的传播和一切相互作用的传播都通过各种场，而不是通过机械介质后，以太就成为一个陈旧的概念而被抛弃了。

可看，也有种东西可听似的。正像云雀翱翔歌唱时是属于天空一样，林鹬是属于林间的。

——自《鸟与人》（*Birds and Man*，1901）译出

牧羊人的早年回忆

凯莱布（Calib）牧羊是从童年开始的；不管怎样，他在那时候就有了最初的经验了。许多父辈以前就做牧羊人的羊倌告诉我说，他们不过 10 到 12 岁，很早就和羊群一同出去了。凯莱布记得，在 6 岁的幼龄，他就照管父亲的羊群了。这是一个了不起的新经验，在他的脑子里留下这样活鲜持久的经验：他年过 80，还很动感情地谈到，仿佛是昨天刚发生的事情一样。

是收庄稼的时候，田地里需要收庄稼的能手艾萨克（Isaac），但是他连一个照管羊群的小孩子也找不到，无法一面收割，一面向被赶到附近田场的羊群也时常看一眼。羊群在他的"自留地"上面，他有权在这片丘陵牧地上牧放。他带去他的很小的孩子凯莱布，把他同羊放在一处，对他说，羊现在归他照管了；并告诉他说，眼不要看不到它们，同时不要在荆豆丛里乱跑，恐怕踩到蝰蛇[1]身上。羊群逐渐胡跑到荆豆丛中去了，一见不到它们，他便幻想它们会永远丢失了，或者除非迅速找到，就会永远丢失，可是要寻找，他就不得不心里怕着蝰蛇，在荆豆丛中跑来跑去。这两种麻烦使他苦恼地总是哭哭啼啼。每过一会，艾萨克就停止收割，来看看儿子的情形怎样，凯莱布眼里便没有泪了，觉得自己又很勇敢了，他父亲问他时，他回答一切顺利。

最后，他父亲来把他带到田地上去了，使他大大安了心；但是他并没有抱他，他用平常的步度大步往前走，让小家伙跟在后面跑，绊倒了再自己爬起来接着跑。不一会，田地里一位妇女叫道：“你不害臊吗，艾萨克，你那样大步走，也不等等小孩！我相信，他还不过7岁吧——可怜的小乖乖！”

“还不过6岁哩！”艾萨克笑了一声，骄傲地回答。

但是他虽然对他的孩子们并不柔和，他却很喜欢他们，晚间回来的时候，他让他们围在他周围，同他们谈话，并唱他年轻时学到的古老歌曲和民谣——《在下面村里》《以利萨伯女王时代》《铁匠》《绿色长衣》《黎明》等等，凯莱布把这些记熟了，长大了他也常歌唱。

约在9岁时，凯莱布就开始正式帮助照料羊群了。但是在

1　蝰蛇（adder）是一种小毒蛇。

夏季，羊每天要放到丘陵牧地，这时需要艾萨克翻晒干草，稍后收庄稼并做其他工作。他这一段时间的最好回忆是关于他母亲和两匹护羊狗的。前一匹狗是杰克，后一匹狗是罗夫，它们的性格都很与众不同。杰克很得主人喜爱，他认为它是"顶呱呱的好狗"。它的毛偏短，像旧时在威尔特郡（Wiltshire）常见的威尔斯护羊狗，不过全身黑色，而不是青白色并有黑点。这匹狗极为憎恨蝰蛇，发现一条一定将它弄死。同时它知道这种蛇是危险的敌人，见到一条时，它的毛会立刻耸起来，站在那里仿佛短时瘫痪了，瞪视着蝰蛇，咬牙切齿，于是像猫一样跳到它身上，用嘴咬住它，只把它扔到远处。它反复这种活动，直到蝰蛇死了，于是艾萨克把蝰蛇放在荆豆丛下，以后拿回家，挂在一扇门上。农场主也像狗一样憎恨蝰蛇，牧羊人的狗每杀死一条蝰蛇，农场主就付给他6便士。

有一天，凯莱布同一个兄弟随羊群出去了，像平常一样，在草地上玩莫利斯游戏和猜谜消遣，这时他们的母亲意外来到现场了。孩子们被安排同羊群外出，她常常到丘陵牧场去看看他们在干什么；她靠着篱树或借助荆豆丛隐蔽地走近，有时突然来到他们跟前，使他们惊慌失措。这一次，正在儿童们游戏的地方，有一片又矮又密的荆豆丛，平顶可以当座位，他们的母亲把围巾摘下折起放在树丛上面，在走了很远一段路之后休息一下。"现在我还可以看到她，"凯莱布说，"在荆豆丛上坐着，穿着女式衬衫，打着裹腿。头上戴一顶男式的帽子——她就是这样装束。"但是不一会工夫她跳起来了，喊到她觉得身下有一条蛇，便抓开围巾，果然在平平的树丛顶上露出蝰蛇的头，蛇芯子伸出来动着。狗也看到它了，便向荆豆丛扑过去，头鼻嘴伸到里面，咬住蛇身，把它拖出来扔开，接着继续这样做，直到像平常一样把它弄死。

罗夫是一匹毛乱断尾青灰色的大母狗，白颈子。它是有多方面本领的伶俐的狗，原是训练它在路上护送羊群的，在牧羊人的故事中，有一则就叙述到它在赶羊方面的特殊聪明。

有一天，他同弟弟在丘陵牧场上照管羊群，他们所在的那一坡，向下通到离村约有一英里半，没有收税棚的大路，这时两个人和两条狗赶的一大群羊从旁边经过。他们是到布里特福羊市去，时间迟点了；艾萨克那天天亮就起程，赶羊到同一羊市去，孩子们同羊群在一处就是这个原因。因为羊群在丘陵牧地上安安静静地吃着草，孩子们决定到大路那里去观看羊群和人过去。到了路旁，他们看到狗太累，不能干活了，人前进也很困难。一个人热切地看着罗夫，问它是不是会干活。"哦，对，它会干活。"孩子骄傲地说，于是叫着罗夫，指着顺路和在路两旁草地上很缓慢前进的羊群。罗夫明白要干什么；它已经观望过了，并用内行的眼睛看清了情况，便冲出去，先在一边，后在另一边跑来跑去，很快就将800只羊统统赶上了路，为它们开了一个好头。

"咳，它是路上赶羊的狗！"赶羊人高兴地叫道，"它在路上对我，比在丘陵上对你更有用。你把它卖给我吧。"

"不，我决不卖它。"凯莱布说。

"喂，孩子，"赶羊的另一个人说，"我愿给你一镑金硬币，还有这个年轻的狗，再稍稍训练它就可以成为一条好狗啦。"

"不，我一定不卖。"凯莱布说，那人的坚持使他悲伤了。

"那么，你可以同我们一块在路上走一段吗?"赶羊的人问。

这件事两个孩子同意了，走了约有1/4英里，这时突然索尔兹伯里（Solisbury）公共马车在路上出现，对着他们走过来。给罗夫指出了新的麻烦，它的小主人一发出命令，它马上叫着冲入羊群，凶呼呼地把它们从这头到那头赶到路一边，给公共马车打开通道，一分钟也没有耽搁。马车一过去，羊群马上就被赶上路了。

赶羊人又把一镑金硬币拿出来，极力让孩子接受。

"我一定不卖!"他重复说，几乎流了泪，"爸爸会说什么呢?"

"说! 他不会说什么。他会想你做得不坏。"

但是凯莱布想，或者他父亲会说点什么，记起他过去经验过的鞭打，他背上有一种不舒服的感觉。"不，我一定不卖!"他只能这样说，于是赶羊人哈哈一笑，赶着羊群走掉了。

艾萨克回到家里，听过这段故事的时候，他笑了，并说道，有一天他要把罗夫卖掉呢。他偶尔会说这样话逗逗他的妻子，因为狗对她特别忠诚；她没有幽默感，有点以为他真有这个意思，便会从座位上站起来，庄严地宣布：假如他把罗夫卖掉，她就决不再到丘陵牧地去看孩子们在干什么。

一天孩子们把羊群牧放到收税棚附近，这时她去看望他们，坐在离路几码远的草地上，取出针线活开始缝纫。不一会他们看到一个面貌奇怪的高个大人，顺路大迈步前来。他穿着衬衫，光着脚，戴一顶无边的草帽。罗夫疑心地看着陌生人走近，便走到它女主人身旁。陌生人走向前来，离她们三四码远坐下了，罗夫凶模凶样，跳起来，前爪放在女主人衣兜上，猜猜低叫一声。

"那条狗咬人吗?"那个人说。

"它也许咬人。你要再靠近点，我就不能担保了。"

两个孩子这时正用钩刀在荆豆丛那里砍柴，这时低声商量，假如那个人"伤害妈妈"，他们怎么办? 他们商定：罗夫一把牙齿咬进他的腿，他们就用钩刀打他的脑袋。他们用不着动手，陌生人受不了罗夫的凶相，很快就站起身来，走他自己的路去了。

牧羊人还记得罗夫的另外一件奇怪故事。有一时它在家里留下一巢小狗，它大半天不得不同一群母羊在一处，因为孩子们放羊非有它不可。孩子们那时正在喂养一只无母的小羊，他们把它同羊群放在一处，白天喂时就不得不捉住一只有奶的母羊。小羊像狗一样随在凯莱布身后，一天它饿了，叫着要吃奶，适逢罗夫坐在附近，孩子想罗夫的奶可以同羊奶一样顶事。小羊被放在罗夫跟前了，它很喜欢它的养母，摇着尾巴，用鼻子使力向前拱。罗夫耐心地接受这一试验，结果小羊认护羊狗做母亲，每天吸吮几次它的奶，看到的人都大为赞赏。

——自《牧羊人的生活》（*A Shepherd's Life*：*Impressions of the South Wiltshire Downs*，1910）译出

护羊狗的趣闻

　　一般说来，谈到羊或与羊有关的什么事，总会稍稍涉及护羊狗——他自己养的或知道的个别的狗，这些狗总有自己的性格和特点，像人一样。它们或好或坏，或不算好也不算坏。真正的坏狗是很少有的，但是一条颇好的狗也许会有点什么癖好、恶习或弱点。例如莎莉，是一条短尾的母狗，是他所养的顶好的护羊狗，但是你必须注意它的感情。对于主人的任何不公平，它都会很怨恨。假如他对它说话太严厉，或者因为它离开道路一点嗅嗅野兔洞，就不必要地责备它，它就会心怀愤怒，一直到有机会把犯错的羊咬上一口。惩罚它会把事情弄得更糟，唯一的办法就是把它当一个合情合理的生物对待，不把它当一条狗、一个奴隶，对它说话。

荻克是他记得的另一条狗。它的主人是老牧羊人玛修·提特（Mathew Titt），是靠近凯莱布在那里工作的农场，离瓦明斯特不远的农场牧羊人头头。老玛修和他的妻子住在村外他们自己的小屋里，孩子们已经成人，离家到远处去了，因为老两口孤孤单单，他们爱自己的狗，像其他人爱自己的亲属一样。但是荻克是配得到这种爱的，因为它是一条很好的狗。有一年，玛修被主人派去送羊到维希尔去，那是一个靠近安多弗的小村，每年10月在那里有很大的羊市。那在30英里以外，玛修虽然老了，还很健壮，主人很信任他。这次回来，他很伤心，因为他丢失了荻克。他们在维希尔的时候，狗有一晚不见了。玛修老太婆为它痛哭，像死去的儿子一样，好多天他们都心情沉重。

整整一年过去了，某一夜，楼下生活间的窗玻璃大声作响，老太婆被惊醒了。"玛修！玛修！"她叫，一面用力摇晃他，"醒醒吧，老荻克回到我们这里来啦！""你胡说什么呀？"老牧羊人咆哮着说，"躺下睡觉，你在做梦啦。""不是做梦，是荻克——我听得出它的叩窗声音。"她一面叫，一面站起来打开窗子，探出头去，果真是荻克靠墙站着，注目看着她，一面用爪子叩打下面的窗子。

于是玛修跳起来，他们一同走下去，拉开门闩，欢快地把狗拥抱住，在那一夜的剩余时间中，总是喂它并抚摸它，并向它提出成百的问题，它只能舔他们的手摇尾作答。

料想在市场那里，它被一个无法无天的所谓杂货商偷去了，这类人坐在快跑马驹拖着的马车里在乡间到处飞跑；他把狗套上口罩，扔进车里，拖到许多英里以外，卖给什么牧羊人，狗便不明方向了。但是为陌生人干了一整年活之后，它又被带来护羊到了维希尔羊市，一到那里，它便知道身在何地，记起通到主人家的道路，它便逃跑了，走30英里回到了瓦明斯特。

关于荻克回来的叙述，使我想起一个失狗复得的同样好的故事，这是我从埃文河上一个牧羊人听到的。狗丢失一年了，一天牧羊人带着羊群出去，到了丘陵牧地上面，站在那里观看两个牧羊人赶着羊群，在差不多一英里之外、下面有收税棚的道路上前进。不一会，他听到他们的一条狗叫，虽然离得那样远，他知道那是他的狗。"我毫不怀疑，"他自言自语，"假如我听得出它的叫声，它也听得出我的口哨。"他用两个指头插进嘴里，吹出最尖最长的哨声，以后等待结果。他马上看见一条狗，仍然离得很远，却迅速向他跑来；这是他的狗，找到它的旧主人，它几乎乐疯了。

可有过两个朋友，被不幸的机缘分开很久之后，能在这样远的距离识别彼此的声音，再次团聚吗?!

无论赶羊人是否见到狗抛弃了他们，他们并没有追去讨还，牧羊人也没有到他们那里去查明他们是怎样得到狗的；他得回了狗，这就够了。

在这样情况中，狗被带从家跟前过，它会认识老家的；但是它在别人手中，一生的训练和习惯使它不能逃跑，直到那旧时熟悉的迫切召唤被它听到，它就不能不服从了。

现在继续凯莱布的回忆：一个农场主有一条狗白德革，凯莱布使用了几年——这是帮助过他的最好的短尾狗。这条狗同其他的狗不同，极为活跃，不断活动。在羊安安静静吃草、几个钟头无事或很少事可做的时候，它不像其他护羊狗一样，躺下睡觉，却用空闲时间"自己寻欢作乐"，在一面平滑的斜坡上滚来滚去；于是跑回来又一再滚，像个孩子一样自己玩耍。它或者会追赶一只蝴蝶，或者在丘陵上跳来蹦去，寻找大块的白打火石，一块一块弄到主人脚旁，假装认为它们是很有价值的东西，很欢喜这种游戏。凯莱布说，这条狗每天用游戏和玩耍使他欢笑。

白德革老了的时候，它的视力和听力都不行了；可是在它几乎瞎了、聋到离它很近它也听不到命令时，仍然让它同羊群在一处，因为它很聪明也乐意。但到最后它太老了，到了该让它不要碍事的时候了。不过它的主人农场主不同意用枪把它打死，所以就命令这条得不到满足的老狗留在农舍里。它仍然拒绝退休，既然不让它到羊群那里去，它便牧放家禽。早晨它把它们赶到饲养场，把它们成群留在那里，整钟点在它们周围转来转去，可怜的母鸡想要偷偷去到什么秘密地方下蛋，它便凶呼呼地把它们赶回去。这是不能容许的，而把可怜的老白德革捆起来，它会太痛苦了，终于只好用枪把它打死。

——自《牧羊人的生活》（*A Shepherd's Life*：*Impressions of the South Wiltshire Downs*，1910）译出，原标题为"过去的生活"（"Living in the Past"），有删节

一匹护羊狗的一生

在牧羊人所叙述的护羊狗故事中，关于瓦屈的或者是最有趣了。瓦屈是他移居到瓦明斯特之前，在温特博恩养了3年的狗。他说，比起他养过的其他任何一条狗，瓦屈都"更像一个基督教徒"，更有理性，它极为活跃，在炎热天气比多数狗更为受苦。在他们出去到丘陵草场上的时候，只有从离他的"自留地"（他这样称他有权在上面放羊的那片草场）约有1/4英里的池塘那里可以得到水。瓦屈再也忍受不住它的苦痛时，它便跑到主人跟前，坐在他的脚旁，向上看着他的脸，发出请求的低叫。

"你要什么，瓦屈——要喝水还是要游泳?"牧羊人会这样说，瓦屈便翘起耳朵，重复低叫。

"好吧，到水池那里去吧。"牧羊人鲍库姆会说，瓦屈便不停步跑到水池那里，跃进水里去游泳好多圈，洗时把水拍溅起来。

在水池旁边，有一块圆形的大砂岩石，洗浴以后瓦屈总跳到上面，把四只腿紧紧并在一起翘起来，滚来滚去，从高处把周围乡村看望一番；于是跳下来，匆匆忙忙回去做自己应做的事情。

属于温特博恩时期的另一逸闻，一部分是关于护羊狗猛克和它的悲惨终场的。

……

凯莱布·鲍库姆使用了它一段时间之后，有了瓦屈他便把猛克给了在同一农场做牧羊人助手的弟弟大卫了。

一天早晨，凯莱布带着母羊在一片田场上，大卫在两三片田场之外照顾羊。大卫走到他跟前来，神色很奇怪——样子很狼狈。

"你到这里干什么——你出了啥乱子啦?"凯莱布追问。

"没出啥乱子。"另一个回答。

"那猛克在什么地方呢?"凯莱布问。

"死啦。"大卫说。

"死啦! 它怎么死的?"

"我把它杀死了。它不肯听我话，使我发了疯，我举起棒来，照头给它一下，把它打死了。"

"你把它打死了!"凯莱布叫道，"你却到这里告诉我没出什么乱子！这样说这件事对吗？你在想啥呀？你把羊羔怎么办？"

"我就回到它们那里去——我不用狗去照管它们。我把它们放到榨干的葡萄渣那里，它们就蛮好了。"

"什么！把它们放在葡萄渣那里，没有狗帮你忙？"另一人叫道。"你事情做得不对头，但是主人不能为这吃亏。把瓦屈带去帮你忙——今早我只得不用它了。"

"不，我不带它去，"他说，他因为做了一件坏事很生气，人也罢，狗也罢，他都不愿得到他们的帮助。"我没有狗可以做得更好。"他说完便走开了。

凯莱布在他身后叫道："假如你不要狗，莫让羊羔受罪，要照我告诉你的办。莫让羊羔在葡萄渣那里超过10分钟；把它们赶出来，让它们站20分钟到半点钟；再让它们进去10分钟，再出来20分钟；以后就让它们回去，安安静静在那里吃食，就不会有危险了。若是你不照我告诉你的那样做，你就会大大倒霉了。"

大卫听着，不答一言便走开了。但是凯莱布心里仍然很不安。没有狗，他怎样把一群饿羊羔从葡萄渣那里赶出来？他立刻决定把瓦屈送去，或设法把它送去，挽救危险局面。大卫走开已经半小时了，这时他叫狗，并指着大卫所走的方向喊道："大卫需要你——到大卫那里去。"

瓦屈看着他，倾听着，于是跳跃着离开了，但是快跑了约50码之后，停住回头看看，它是否做对了。"到大卫那里去。"

凯莱布又叫道。瓦屈又前进了，到了田地边一扇高门的时候，它撞门，先跳后爬，试了两三次要过去，每次都跌回来了。但是它慢慢设法穿过厚树篱，看不见了。

大卫那天晚上回来的时候，心情不一样了，他说瓦屈救了他免遭一场大灾难：他自己怎么也不能把羊羔赶出来，因为它们对葡萄渣着迷了。这以后几天瓦屈都为两个主人服务。凯莱布把狗带到它牧放的母羊那里，过一会便说："去——大卫需要你。"瓦屈便会到另一牧羊人和羊群那里去。

鲍库姆在多佛顿做新工作的时候，他的主人埃勒比（Ellerby）先生用锐利的眼光观察了他一时，但不久他就深信：不经过惯常的询问，仅凭偶然听到的关于这个人的谈话，就雇用了25英里以外的他做牧羊人头头，他并没有犯错误。但是，他虽对这个人满意超乎常度，却怀疑他的狗。"我怕你的那条狗一定会伤害羊。"他这样说，甚至劝他换一条更安稳工作的狗，瓦屈太容易兴奋，太凶猛——它不可能那样猛烈追逐羊群并抓住它们而不用牙齿伤害它们。

"它一生绝没有咬过一只羊。"鲍库姆使他的主人放心，并终于能够使他相信：瓦屈有表演咬羊而一点不伤害它们的本事——咬或伤任何东西确实都违反它的本性。

晚夏的一天，玉米割了还没有收，鲍库姆带着羊群在新收割的土地上，天正不断下着大雨，这时他看见主人向他走来了。他穿着夏季的轻装，戴着一顶草帽，没有打雨伞，也没有防大雨的东西。"主人出了什么麻烦啦？"鲍库姆说，"他只戴一顶草帽，未穿上衣，在大雨中这样出来，他心里一定很乱糟糟哩。"

埃勒比先生这时已经有了一种习惯，心里烦恼的时候，便出去找牧羊人长谈。不是谈他的烦恼——他心里的秘密苦楚——不过只谈谈羊或其他一般的事。鲍库姆说，谈话似乎对他有好处。但是他的这种习惯被别人观察到了，农场的人就会说，"今天出了什么错了——主人出来到牧羊人头头那里去呢。"

鲍库姆正在篱笆旁一个破棚里，埃勒比先生走到鲍库姆站立的地方时，立刻就谈起不关重要的事情，漫不经心地站在那里，虽然他的薄衣已经湿透，水穿过他的草帽成条顺他脸上流下来。仿佛他并不知道是在下雨。狗冒雨在禾堆中间耍来耍去，他渐渐对狗的活动发生了兴趣。"它嘴里衔了个什么呀?"他随即问道。

"到这里来，瓦屈。"牧羊人叫，瓦屈走来的时候，他弯下身去，从它嘴里拿出一只秧鸡（corncrake）。它发现藏在禾堆里的鸟，将它捉住了，并没有伤害它。

"咳，鸟活着呢——狗并没有伤害它!"农场主说，把鸟拿在手里检查。

"瓦屈没有伤害过任何生物。"鲍库姆说。它捉东西只为自己开心，却从不伤害它们——它总又把它们放走。它会在田地里捉鼠，捉住一个时，它像猫一样同它玩耍，于是把它抛开，又把它抓住。最后它会把它放掉。它同样和兔玩耍，假如你从它那里拿过一只兔来，查看一下，你会发现它一点没有受伤。

农场主说这真出奇——他以前从未听说过这种情形。谈论着瓦屈，他就把心里的烦恼忘了，他原是因为烦恼，穿着薄衣，戴着草帽，冒雨出来的。他心情欢快地走开了。

凯莱布大概在同主人谈话时忘记提到，瓦屈捉住一只野兔的时候，多半拿去送到它主人手里，等于说，这是我捉到的很大一种田鼠，颇难应付——或者您能对它有点办法吧？

关于他的这条狗的奇怪脾气，牧羊人还有许多其他的故事。他到了新地方几个月以后，他的弟弟大卫也随他到了威利河，他在同埃勒比先生的农场毗连的农场上得到了牧羊人的位置。他的小屋在村外不远的地方，有一片土地，地上有一块绿草坪。大卫喜欢养动物做宠物——笼养的鸟，箱养的兔和小白鼠，后者很温驯，他把它们放到草上，看它们互相嬉戏。瓦屈初看到这些宠物的时候，很被它们所吸引，想要到它们跟前去。凯莱布大力说服之后，大卫有一天同意把它们放出来，放在草上，就在狗的面前。它们一上来很惊骇，但是在极短时间之内，就发现了这条特别的狗不是它们的仇敌，却是游伴。它在它们中间在草上打滚，把它们追来赶去，有时捉住它们，装作要咬它们的样子，它们似乎认为很有趣。

"瓦屈在跟我的 15 年中，"鲍库姆说，"从来没有弄死或伤害任何一个生物，没有，连一个小老鼠也没有，它捉住什么，只是同它玩耍罢了。"

在这段时间，农场雇用了一个老妇人，瓦屈同她还有一段故事哩。她被瓦明斯特济贫院收容了一小段时间，在那里听说，以前在别处的一位女主人的女儿早就结了婚，现在是附近多佛顿农场的女主人。老南司（Nance）得到出院允许，步履艰难地走到多佛顿去，在很冷的一天去到农场，请求给她点事做来养活自己。假如没事可做，她说她就只得回去，在瓦明斯特济贫院等死了。埃勒比太太记得并可怜她，便进去见她丈夫，热切地请求他在农场安排这个孤苦的老人。他看不出能为她想什么法：他们已经有一位老妇人，补补口袋并做点其他小事，但另一位老妇人就无事可做了。于是他走进去，好好地看了看老妇人，心里一面盘算着，很想讨好妻子，终于问她能不能吓唬乌鸦。他再想不出别的事情了。当然她能够吓唬乌鸦——这正是她能做的事！他说，好啦，她可以去照管甘蓝菜；乌鸦正喜欢这种菜，即使她不大能活动，她或者还能把它们赶跑。

老南司站起来，马上就要去开始做事。埃勒比看着她的衣服说道，在这样冷飕飕的天气，他要给她东西保暖。他给她拿来一顶旧毡帽，一件旧粗呢大外套，一副旧皮裹腿。她穿上这些略为笨重的东西，用布条把帽子紧紧系住，用绳在腰间束紧外套。这时农场主就告诉她到牧羊人头头那里去，请他指引她到乌鸦捣乱的田场。她起身走了，农场主又把她叫回来，给了她一只生锈的旧枪用来吓唬乌鸦。"枪里没装弹药，"他狞笑一下说，"我不准用弹药，但是你用枪对着它们，它们就会飞得够快。"

这样穿着并武装好了，她便出发，凯莱布看着她走近，她的古怪外表使他吃惊，她一解释她是何许人，要干什么活，请他指引她到甘蓝菜地去的时候，他就更为吃惊了。

几点钟后，农场主来到他这里，随便问了问他是否见到了一个老太婆。

"嘻，"牧羊人回答，"我看到一个穿男子衣服的老太婆，背一只旧枪，我告诉她到那里去了。"

"我想那个老太婆在那块地上有点冷，"农场主说，"我希望你弄两扇活动篱笆，替她搭一个遮身棚。"

在篱笆旁的遮身棚里，老南司白天看守甘蓝，以后农场主又找点别的事给她做，同时她住在凯莱布的小屋里，像是家庭的一员。她喜欢孩子们和狗，瓦屈很同她要好，若不是它有照顾羊群的责任，它倒很愿整天陪同她在田地里赶乌鸦。

老南司有两件她极为珍视的东西——一本书和一副眼镜。她惯于白天坐在萝卜地里，手里拿着书，戴着眼镜阅读。她的眼镜"可好极啦"，对老年眼睛都合适。一经发现，全村都求借，凡是有人要做点细针线活，或老眼做什么事要加强视力，都向她借眼镜。有一天，老妇人从地里回来，满心苦恼——她丢了眼镜。她想，她一定头天晚上把眼镜借给村里什么人，随后完全忘记了。但是谁也没有这副眼镜，它神秘的丢失被村里人议论并惋惜。一两天以后，凯莱布穿过萝卜地回家，瓦屈跟在他身后，他到了自己的小屋时，狗走过来，正面对着它的主人，把丢失的眼镜放在他的脚跟前。它在一英里外的萝卜地里发现了它，虽然它只是一条狗，却记得看见眼镜架在人鼻子上或放在人手里，因此知道它一定很有价值——不是对于它自己，却是对于用后腿走路，更大更重要的一种狗。

在一匹狗的生活史中，总都有忧伤的一章；这是最后一章，叙述它的衰老。护羊狗的情形总是最凄惨，因为它生活得同人更为密切，它一生中每天都用全部力量和智慧，在适于它做或我们为它安排的有用、必需的工作中，为人服务。打猎的和宠爱的狗，或寄生的狗——"为游戏或取乐的狗"——虽然与它同种，却不同目；它们像是职业的体育家和表演家，同为世界工作、养活我们、供给我们衣服的人比较起来——他们是漂亮或时髦的人物。我们习惯于笼统说，狗是人的仆人和朋友；只有对于护羊狗，这样说才是绝对真理。它不仅是孤独的牧羊人的忠实仆人，狗的友情与人和同类的友情一样有分量。

在它的长期紧张生活终结之前，原来没有斑点的乌黑色的瓦屈，变成全灰色了，在头部最为显著，最后几乎变为白色了。

没有疑问，有些动物像人一样，上了年岁毛变灰色，15岁时的瓦屈，等于人在65到70岁那样老了。但是我们家养的动物，虽然比野生的更易起这样变化，毛并不一定总因为上年纪而变灰。不过关于野生动物我们不易对此加以判断，因为它们的生命多半都提早结束。

牧羊人叙述了一个鼹鼠的奇怪例子。他有一次注意到一片驴喜豆地里有一个特别类型的鼹鼠堆，在他看来，这个鼹鼠仿佛用与众不同的方法工作。它掘土堆起来的土堆相隔很远，每堆的土可以装满一蒲式耳[1]。他看到这只鼹鼠每天用同样方法掘地洞；每天早晨都有一串新的大土堆。出入的通路很深，像他在地面下 2 英尺多安放捕鼹鼠机时所看到的。安好捕机后，他用土把深洞填起来，第二天他得到鼹鼠，大得使他惊讶。他并没有量尺寸，但是他肯定地说，比他相信鼹鼠能够长成的要大。它不是黑色而是灰色，头上灰毛特多，使它几乎是白色的了，像老瓦屈一样。他假设这是一只很老的鼹鼠，比多数同类更有挖掘力量，或者因为它有劲，并有在更深的地方食宿的习惯，它才逃离了死亡。

回来谈瓦屈吧。它更老一些的时候，听力和视力都不行了，直到实际上是瞎了，用正常方法对它说话，它也听不清了。但是腿还继续有力，脑力也还不衰，它一点也不疲倦。正相反，它总热心工作，它的聋瞎使它在其他方面更为机灵，使自己对于羊群有用。活动篱笆移到另外的地方，必须把羊圈围在一角，直到为它们准备好新的地方，瓦屈的职责就是看守着它们不要跑开。它既不能听，又不能看，但是用一种神秘的方法，即使一只羊要外出，它也知道。可能是地的轻微颤动使它知道活动和方向。它会冲向前去，把羊赶回，于是在羊群前跑来跑去，直到一切又安静下来。但是最后看到它的努力使人痛

---

1 蒲式耳（bushel），谷物的量器。

苦，尤其在羊很不安静，不断尽力向外出的时候；瓦屈察觉它们这样难管束，便会生气，凶猛地向它们冲过去，便会猛撞到一面活动篱笆上，于是站起来，痛得嚎叫，又冲向另外一面，撞到篱笆上时，又痛苦地嚎叫。

不能容许这件事继续下去；但是不让它工作，瓦屈受不了；假如留在家里，它会悲叫哀鸣，请求准许它到羊群那里去，最后主人怀着很沉重的心，不得不把它处死。

护羊狗差不多总是这样结束生命。无论它一贯怎样热心忠诚，无论它怎么样被珍爱，最后一定要把它杀死。我向瓦屈在那里生活并好好为主人服务的地区的一个牧羊人叙述这匹狗的故事——他在丘陵地带因巴小村最重要的农场做了40多年牧羊人头头了。他告诉我说，在他牧羊的全部年代，他的狗没有一匹让给过别人；每匹狗都是从小弄来，自己训练；他的狗他都很喜爱，但到头来都不得不把它们打死。不是因为狗太老了，感官都不行了，他认为它们是太大的累赘；而是因为看见它们衰老了，还总渴望做旧时护羊的工作，既不能再做，不让做它又很可怜，很令人痛苦。

——自《牧羊人的生活》（*A Shepherd's Life*：*Impressions of the South Wiltshire Downs*，1910）译出

动物的友谊

有位心地傲慢的人说，将低级动物中双方显然乐于彼此相处、惯常在一块的情形，形容成"友谊"，是误用或滥用字；因为——这个聪明人接着说——既然是低级动物，它们就达不到人与人之间常有的那种两个心或灵魂彼此结合这样的高度。那么，这种结合的能力是从哪里开始的呢？谁又敢说：提厄剌得菲哥[1] 的，安达曼群岛[2] 的，或亚鲁密[3] 丛莽中的两条腿直立的或人形的哺乳动物，能够有一种感情，而象、狗、海豹、类人猿，实际一切其他脊椎动物（兽、鸟、爬虫和鱼）就不可

---

1 Tierra del Fuego 是南美洲的群岛，一部分属智利，一部分属阿根廷。

2 Andaman Islands 在印度孟加拉湾。

3 Aruwimi（河的名字）在非洲刚果。

能具有呢？在我们的高贵的自我和我们的可怜的穷亲戚（甚至连长羽毛和有鳞的也在内）之间，并没有很宽的鸿沟。我们虽然并非情愿，而且暗暗叫苦，但不得不知道：就连我们最好的、至高无上的特性，也在这些低下的生物中有着小小的开端。我最初在少年时就从马身上看出来了，一个生物对于同种或异种的另外一个的那种偏爱或联合，像游戏一样，同满足生理需要、自我保存和种族延续，是毫不相关。这是心里的一种较高的东西的表现，它说明低级动物并不是完全沉陷在生存竞争中的，它们能够在小范围内，就像我们能够在大范围内一样，避开并超出生存竞争。友谊事实上是动物的心所能达到的最高点。因为游戏纯粹是从身体的健康情况，以及从有感觉的生物所普遍具有的本能冲动中产生的，它间接地为动物的生活提出了一种目标；而友谊却是没有任何明确的目的的，并且是个体的行为，不涉及它的属性，它清楚表示出的，是它觉察到其他的个体性格中有差异，它有意志和力量，能够从那些个体中选出一个它认为最适宜自己的个体来。而且，这样的友谊并不是一个个体的感情所能产生的结果，不是无可避免的，或者是机械地发生的：这种感情必须有所表现或展示，而且要想法去接近。也许会被接受，也许不会，因为被接近的动物也有它自己的意志。结果有时候是很片面的友谊，例如一个动物对于另外一个有了仿佛迷恋的爱，若是它在跟前能被容忍，它便会快乐，而且它会天天到处跟着那个淡漠的动物，一跟就是几星期、几个月。在别种情形中，进攻会被对方憎恶，而且若是坚持下去，会在对方心中引起很野蛮的仇视，结果它就会动用大自然赋予它的那种武器，或咬，或踢，或击。

这些动作在我们的家畜身上都可以容易观察到，而且十分普通。不过在英格兰，或许不像在牧畜的国度同样常见，在牧畜的国度，动物不是关在屋里喂养，却是让它们过一种半独立的生活。我已经说过，我首先在马身上观察出友谊。我们通常养15到20匹马，因为那时候全部地区都是开放的，我们的马有时便利用它们的自由，一起全出去；通常它们离家一英里左右，不离开吃草的地方，要用一匹或多匹新马的时候，便派人去赶它们进来。因为我是一个每天要在马背上过半天的孩子，我经常去赶马，并且对于它们的小小的习惯很熟悉了。马队中总有成对走着的，他们是好友而且不可分离。一对中有一匹被用了几点钟或一天之后，一放开它便飞奔着去找马队，见到它们时便高声嘶叫表示它的到来。它的好友便也嘶叫回应，并快跑着去迎它，会面之后，两匹马便要站立几分钟，碰碰鼻子，这是马接吻或表示亲爱的方法。它们便很快地一同回到其他的马那里去，开始并列吃草。

这本书是用鸟做主题的，我们渐渐就要说到些关于它们的事。目前我要着重说说下面这种事实：在一般的动物中有种感情和联合，性质和我们所称为人类友谊的相同。我们谈到哺乳动物时，这事实更容易被人接受，正因为它们给小的哺乳，而且用毛遮盖身体，不是用羽毛。演进论者以为，我们在辽远的过去也是有毛的，而且有些哺乳动物像我们自己一样，已经将遮身的毛失去了。有些动物能够对于人或主人有很强的感情，是人人熟知的事实。这使我们立刻联想到狗，狗实在常常被形容为"人的朋友"，但是这种形容若含有它在这方面高超的意思，那确是对于其他种类不公平。

我的一位相识养一匹林狼作为宠物——在这种可怕的兽的许多种类中，它是最大、最有力，也大概是最凶的了。可是它的主人向我保证说：他的狼对他亲爱，像任何狗对于人一样，而且他愿像对最聪明、亲热、态度最温和的狗似的相信它。这个狼虽然是那样大，它却被特许在炉前地毯上睡在他的脚旁，若是有小孩子们在跟前，便允许他们坐在它的身上，或在它身上打滚，去拉它的耳朵，并打开它的大嘴看它的牙齿。不错，狼和狗相隔不过一道门，但是狐住得不很远，却不是那样近的邻居了；它向不同的方向转化了，而且因为这种转化，以及它的天性和天才，我们不大会料想它同人类的主人能够发生很密切的友谊吧。让我在这里来叙述彼得狐的故事，对于这故事的真实我是可以保证的，不过我不能随便说出它主人的姓名和住址。

彼得的女主人是住在士洛普郡（Shropshire）一个村落里的贵妇，她和狐是这样相依为命，离开时她们便不快乐。她出去散步或拜访人的时候，总带着狐，正像玛丽（Mary）[1] 带着她的小绵羊一样。要有什么人警告地向她说，狐是危险的宠物；

1　玛丽是作者的妹妹，参看本书另篇《玛丽的小绵羊》。

它的脾气没有准，牙齿锐利；它对于有些东西——例如有羽毛的东西——有种磨灭不了的弱点；她会笑他们的。她肯定地说，狐从来不曾，也永远不会做不应该做的事，而且在任何人所有的宠物中，要算是脾气最柔和、最亲爱的了。

有了彼得约一年之后，它不见了，而且失去它，对她是一个大痛苦，虽然她的朋友们告诉她说，这正是他们料想到会发生的事，迟早野性要复发，并无法制止，但对她这也算不了安慰。

彼得走后几天的一个下午，她记起它来，心头沉重，这时她才第一次想到做一种试验。她想，若是她的狐还活着，除了到离村一英里来路的树林里去，会到什么地方呢？她要到那里去找它。快要日落时她到了树林，走进最深处之后，她静静站住，于是将声音提到最高，发出高声的锐叫：彼得——彼——得——彼——得！叫后她等待着。渐渐地她听到一种声音，向声音传来的方向一看，她看到彼得用最大的速度向她跑来，因为引起的风，使落叶在它周围飞舞；但是在它到了她的跟前时，没有法子去摸它，虽然她急于要将她的失去的亲爱朋友抱住，因为它快乐得制止不住自己了，只能在她周围来回绕大圈子，以后又一直对她扑过来，从她的头上跳过去，而且做了第二次、第三次！这说来仿佛是不可信的，但是她坚持说她的狐做了这件奇事，而且说见到它找到她时那种欢喜若狂的情形，她觉得惊讶。它这样发泄完了它的兴奋之后，她们便一同回家去，彼得在她身旁疾走，时时又突然重新表现它的欢喜和亲爱。

鸟的友谊比哺乳动物的友谊更少被人注意到，我相信只是因为它们内心的生活更少向我们公开地显露。换句话说，它们有翅膀可飞，并有更迅速、更聪明、更有多样或易变的心应付空气中的生活。有许多种类的鸟终身成为配偶，其中有许多是群居的；我认为在这样的情形中，使公和母终年联合的纽带，和那使彼此相亲的，两匹马、山羊、牛、羔羊，或其他任何家畜野兽之间的纽带，大体是相同的。结合在起源上是不同的，但是性的动机一过去，一结束，终身配偶的鸟便只是朋友或亲密伴侣罢了。再说鸟因为是那样自由，行动又轻，它们不像哺乳动物一样紧紧聚在一处，所以一群鸟中两只鸟的友谊，不容易被窥察出来。只在两个种类很不相同的鸟之间有了友谊的时候，才引起我们的注意。

......

禽鸟特别喜爱一个人的情形是十分常见的——实在常见得很，任何勤劳的人都可以拿它们来编成一本书。一只雉和一位妇女的情形，我已经在上一章中叙述过了，我原已另写下几个要在这章里叙述，但是鉴于这本书里要处理的材料和异事之多，不得不把它们割爱。或者除了为一种特殊的原因，我要在这里叙述一件。这是关于一只穴鸟的情形。南蔚尔特郡（South Wilteshire）高丘的提尔谢得（Tilshead）村，有一个孩子去年发现了一只穴鸟，不能飞了，将它带回家去。过不几天，鸟雀恢复了精力，完全好起来，也能飞了，但却并不飞走。它所以不飞去，并不是因为它受了好的待遇，也不是如我们会自然设想的样子，对于救它、喂它的孩子发生了感情，却是因为它爱另一个住在邻近的更小的孩子！这是绝不会错的。这鸟若是自己乐意便可以自由飞走，却总在它选定的小朋友的村落里徘徊，消磨它的时光。它要总和他在一起，早晨孩子们去上学的时候，它跟着他们，并随着他们身后飞进教室，落到架上一直坐到他们放学。但是上课的时间太长，它忍耐不住，常常发出一声抗议的高叫，使得孩子们吃吃窃笑，所以终于将它撵出去，把门关起来了。它就坐在屋顶上面，一直等到散学，于是飞落到小朋友的肩头上，和他一块回家去。它也同样跟着它的朋友在星期日早晨到教堂，可是在教堂里它也制止不住它的惊人的高叫，使得会众不禁微笑，并举目向屋顶上看望。我的副牧师朋友原也是个爱鸟的人，可是他对这也不能容忍，结果不得不将穴鸟捉住，每天在上学和做礼拜的时间，把它关在笼里。

在我不得不割爱的材料中，还有三四个关于穴鸟的趣事。无疑的，有几类的鸟比其他几类更能有这样的友爱：例如在笼养的鸟中，红腹灰雀（bullfinch）便是以亲爱的性情著称的，而且失去了女主人之后，鸟因为纯粹的悲伤而死，曾有许多记载下来的例子。穴鸟虽然有灰色而且坏坏的小眼睛，并且爱恶作剧，也有这样的性格。大概它最初被称为 Jack，是因为它的人类特性的缘故，我们也可以将它形容成友爱的穴鸟。

我述说这个故事，只是要表明，不像有些人所想象的样子，光是贪得便宜就可以引起这样的爱。

有一个比穴鸟更可注意的情形，还有待叙述。我的一位朋友，一个住在布宜诺斯艾利斯的盎格罗－阿根廷（Anglo-Argentine）人，有一天出去打鸭，伤了一只小水鸭（teal）——普通种类中的一种，学名 Querquedula flavirostris——的翅膀。他将鸟拿在手里一看一摸，鸟的优美的形体和美丽的羽毛，鸟的明亮害怕的眼睛和跳动的心，使他心软不忍将鸟杀死，却放在袋内带回家去；在将受伤的翅膀尽心尽力地扎好绷带之后，他将鸟放在大院里面，供给它食水。在很短的时间内，鸟的伤好了，但飞的力量却没有恢复，也不想逃跑。它完全熟驯了，喂食或抚摸它一唤便来。奇怪的是，虽然全家的人都对小水鸭发生兴趣，并拿它当作宠物，它的全部的爱却专注在射击它的那个人身上。它对别的人都淡淡漠漠，虽然在它的朋友每天从早到晚因事进城的时候，他们总是照料它、抚爱它。小水鸭在他用早餐时总在他的身旁，以后跟他到临街的门，看他走开之后，便回到自己的地方，态度安静而满意地度日，仿佛将不在家的人完全忘怀了一样。但是准在下午约 4 点钟的时候，它便到从院子通到街的门那里去等待他回来，若是他迟回来一小时左右，它便嘴对着城市的方向一直坐在门槛上面，使路过的人惊讶不已。他一出现，它便异常欢快，跑到他的脚前，点着头，扇着翅膀，并发出嘎嘎的和一向表示快乐情绪的他种奇怪的声音来。像多数小水鸭一样，它也是一只饶舌的鸟，而且很容易兴奋。在这以后，小水鸭最大的快乐便是当他坐在椅上休息和阅读时，允许它坐在他的脚旁。它确实会坐在他的脚上。

　　几年前，在一篇月刊的文章中，我叙述了这个小水鸭的故事。我相信这是很奇怪的故事，相信我的布宜诺斯艾利斯的朋友的经验，是绝对独一无偶的——因为谁会想象到世界上有另外一个人，在他自己存心要打来吃的小水鸭身上，发现一个心爱的、亲热的宠物呢？但是不久我便接到一位住在南坎新顿（South Kensington）的先生的来信，他说他惊讶地读到小水鸭的故事，说他觉得我仿佛采取了发生在南非的事情，将它转换到南美，而且将关于故事前半的情形略略加以改变。和我通信的人曾经到过好望角，他在那里时和一位朋友同住在他的田庄上。他的朋友告诉他说，一天外出射猎时，他伤了一只小水鸭的翅膀，拾起来时他经验了一种怜悯的悲痛，所以他将它带回家，立刻下手扎起它的伤，想在它能飞时恢复它的自由。不久小水鸭对他发生了感情，正像我所描写的情形一样，并且像一匹小狗似的，跟着他到处走。以后到了配偶的时期，小水鸭飞到泽地里去了，因为它的翅膀已经完全恢复了作用，他绝没有想到会再看见他的嘎嘎叫着的小朋友，至少见到也不会认识了。一天他出去射猎时，眼睛看着一群远远飞过去的小水鸭，突然间一只鸟离开鸟群，迅速地向他飞来，就落在他的脚旁！这正是他失去的爱鸟，对于这次的相见，小水鸭显得和他同样快乐。在他这里停了几分钟，表示了欢快、接受了爱抚之后，它又飞去寻找它的同伴去了。在这次相见以后，每隔很久他们还相见了几次，小水鸭总远远地便认识它的旧主人和朋友，并一直向他飞来，不过总没有回到家里去。

我们可以想象到，和这两件事相关的两个人，一个在南非，一个在南美，现在不能像以前一样高兴吃食或甚至射猎小水鸭了吧。

若是我们将终身配偶的情形除外，同种的鸟与鸟间的友谊，为了已经说过的原因，是极不容易，几乎无法窥察的。要不是这样，我们冬季在任何一群独身的鹟中，和在半野的情况中生活着的一群马或牛中，大概可以找到同样多分不开的对。

另有一件事情要记在心上：将一种在原始上至少是性质不同的动作，误认为友谊，是可能的事。下面的情形可以当作例证。

一个是关于外国种的，就是南美大平原的好斗的欧椋鸟——像它所属的金莺（troupial）科多数鸟一样，它的天性是合群的。生育期一过，鸟便结为大群，在大平原上过一种浪游的生活。它们总是动着的，一群鸟成为延长的前线，嘴和深红的胸都转向一边，最后的鸟不断地飞向前去，落在前线的鸟之中！或略略在它们前面。这是很美的景象，我是永不厌看的。有一天，我正骑在马上观看一群鸟用从容的态度吃食并前行，我看到略微在其他的鸟之后，有一只鸟不动地坐在地上，另有两只紧靠着它，一边一个。这两只鸟已经将这地方考察过，并且啄过就地的草根，现在急于要向前加入鸟群，却被另外一只牵住了。我向它们走去的时候，它们都飞起并向前去了，这时我看到落后的一只断了一条腿。或者这条腿断了不久，它还没有能很好适应已经变化的行动和寻找食物的环境。我跟随着，看到在全部红胸的鸟群都向前行进之后，跛脚的鸟一再落到后面，它的两个虽然焦急但却忠实的同伴仍然不离开它。不到它飞，它们是不飞的，而且飞时也仍然保持着在它旁边，追上鸟群时，3只鸟会一同落下去。

第二个例子是从盆赞斯（Penzance）得来，我住在那里时有人告诉我的。那个地方的一位贵妇，她的家庭是当地最有名的老户之一，是一个顶爱鸟的人，冬季在她的草场上喂鸟。她看出一只穴鸟和一只鸫总一同来吃食，以后她又看出穴鸟喂鸫，拾起一口一口的食物，放进它的张开的嘴里去。更切近一看，发现鸫没有了嘴：它被全部割去了，大概是用钢或速死有簧的捕机割去的，康渥尔（Cornwall）的儿童们通常用这样的捕机捕或杀小鸟。鸫不能自己吃食了。

另外一个无嘴的鸟有一个朋友的情形，是西德茅斯（Sidmouth）的色列（E. Selley）君告诉我的，他是园丁和当地的博物学家。他的父亲在用金属丝围绕的大箱里养一只喜鹊（magpie），从丝眼里小鸟可以进去偷食。这些小鸟中有一只知更雀，它的嘴在钢的捕机里失去了；喜鹊对于这只知更雀加以照顾，虽然它和其他的鸟成仇，并将它们赶出它的屋外。没有嘴可以啄的知更雀，只能拾起小的面包屑，于是喜鹊便在架上衔起一片面包，将它啄成小片来喂知更雀。"这听起来像是一篇童话。"色列君说。不过对于知道鸟的人，却是一种很可信的童话。

但是另外有一个情形，是一个亲眼见到的朋友最近告诉我的。一只百灵鸟（lark）被养在笼子里面，靠着房子前面的墙挂着，有几只麻雀常爬在笼丝上从装种子的盒里吃食。要制止这掠夺，便将盒子从笼前移到笼后，在那里是它们所够不到的了。可是它们还继续来访，而且仿佛和一向过得一样好。略为更切近地观察一下，发现百灵鸟自己在喂它们，不是将种子放到它们嘴里，却是将它从盒里运到笼底的另外一边，在那里麻雀可以够得到。

我认为在这些例子中，动作并不是从友谊出发，却是出于帮助的本能，这在有合群习惯的动物中是很普通的。在大的哺乳动物中——家畜、猪、鹿、象和其他许多种，我们最为知道这情形。就连不合群的猫有时候也喂一个同辈的猫。在鸟类之中，这似乎出于父母要喂养并保护小鸟不受危险的本能。一个失去父母的小鸟，有时从陌生的鸟得到对于它的饥饿的叫声的反应，而且在有些情形中，这个陌生者还属于不同的种类。在这里可以提到一下：有些种类的鸟，正在孵卵的母鸟在被公鸟喂养时，会回复到小鸟的饥饿的叫声和姿势。老鸟被捕或受伤时，会激发它的同类，使它们来救它的那种遭难的叫声，也是和小鸟遭难和恐怖的叫声相像的。

有合群性的种类，因为不耐孤寂，彼此间发生亲切的友谊，其他的例子我们还遇到很多。孤寂对于有些动物是这样受不了，凡可以极力相交的动物，它们都和它要好，不管它的种类、习惯或大小的不同。我记得多年前所记载的一个这类的情形，是关于独自关在田地里的马驹和鹬鸰的——它是一只孤独的鸟，或者是这地方唯一的这种鸟吧。总看见它们在一处，鹬鸰不离马驹吃草的地方，而且在它停止吃草的时候，满意地坐在它的脚跟前。无疑的，这种友伴使它们的孤独生活减少可厌的成分。

还有一件更稀奇的情形要在结束的部分叙述——一只孤独的天鹅寻求朋友的忧伤故事。而且因为这是"不可信"一类的，我欢喜得到了允许，宣布亲眼见到这件事的人们的姓名。地点是在契莫斯福（Chelmsford）附近的契莫斯福宅，见证人是潘尼发（Pennefather）夫人和住在她那里的一个朋友吉尼斯（Guinness）女士。靠近住宅有一个颇长的人工掘成的湖，从园地一端流入，从另一端流出的小溪，将水向湖里灌注。湖和溪里都养着鳟鱼。湖里养了一对天鹅，三四年前生了一只小的，几个月后小天鹅长成，它们便开始逼迫它。可是小天鹅不堪寂寞，虽然一天被赶开不下百次，它还依然回来。以后它被毫无怜惜地惩罚，便不再回来，到湖的另外一边安了家。差不多在这时候，吉尼斯女士开始在湖那边画水彩画，她在跟前使得天鹅快乐。她一出现，天鹅一定很快地浮水向她游过来，然后出了水，跟着她到处走，一直到她坐下画画，于是天鹅便在她身旁停住，心满意足地待到她画完的时候。这继续了五六个星期，直到吉尼斯女士画完了画，到别处访友去了。可怜的鸟又孤独了、悲苦了，直到有一个人被派到湖边灌木丛里去工作，天鹅便立刻拿他做了伴侣，每天早晨它从湖里出来迎接他，并和他一起度过整天的时光。到工作完毕的时候，那个人也走开了。天鹅又悲苦起来了，主妇看到它心里都抑郁不欢，因为她一走近湖边，天鹅总极愿和她在一处，她一离开，它便显得很难过。突然间它的举动改变了，它不再期待守望有人来到湖边，也不在她出现时离开水面了。它显得很乐意孤独，而且整点钟歇在水面上同一个地方，一动不动地漂浮着，或者用掌桨轻缓地推动，仿佛不动一样。这变化虽然惊人，却是受欢迎的，因为天鹅的不欢使人人都觉得忧伤，现在这可怜的鸟仿佛对于孤独的生活已经妥协了。不久以后，一种奇异的发现解释了这种变化的原因：天鹅一点也不孤独，它有一个朋友——一条大鳟鱼——和它常在一起。鱼紧靠水面下，在鸟的身旁，它们一同休息，一同活动，像是一个生物一样。初见到的人对于自己亲眼看见的明证几乎都难以置信，但是在短短的时间之内，他们便深信这件惊人的事果真发生，这两个很不配称的生物确是成为伴侣了。

我们怎样解释它呢？我们看到的，天鹅因为孤离处于不幸的状态，无论地上或水中的任何生物，它都无疑地乐于和它要好，并在和它相处中得到安慰，鱼适逢是在那里的唯一生物。但是鳟鱼怎样呢？我只能假设：鱼从这种共处中得到些利益，天鹅在水边吃食的时候，因为将小昆虫摇落到水中，偶然地喂养了鳟鱼，这样我们乐于说在鳟鱼的心里，天鹅和食物发生了联系。生物学家否认可怜的鱼有心，因为它的脑子没有大脑皮层，但是目前我们用不着拿这个问题来麻烦自己。天鹅用它的嘴去触或抚慰它的奇怪朋友的背，正像一只天鹅会抚弄另一只天鹅一样，而这种接触对于鳟鱼是快乐的，我想也是可能。鱼欢喜被轻轻地抚摸，像其他有皮或鳞的生物一样。我曾经捡起过许多"林间的野虫"和许多野蛤蟆，假如有野蛤蟆的话，轻轻地抚摸它们的背，便能很快地制服住它们的野性，使它们乐意躺在我的手中。

下文还有待叙述。有一位客人从伦敦来了，他因为是热心钓鱼的人，起得很早，到湖边要钓一条鳟鱼做早餐。约在8点钟时他回来了，看见女主人已经下来，他便骄傲地将他捉到的一条大鳟鱼给她看。他并没有希望捉到这样一条大的鱼，而且为了另外一种原因，他永远也不会忘记捉到这条鳟鱼的经过。他钓着了鱼时，发生了一件奇异的事情。水面上有一只天鹅，在鱼上了钩时随着鱼走，在他将鱼拉上岸来时，天鹅出了水，向他猛扑过来，并顶凶地袭击他。他费了很大的事才将它打走！"唉，可惜极了！"女主人叫道，"你杀死了可怜的天鹅的朋友！"

从那时候起，天鹅比以前更为不快乐了。见到它，对于我的慈悲的朋友们简直变成了痛苦的事。以后听到住在别处的一个相识想要一只天鹅，他们便把它送给这位相识了。

——自《禽鸟记异》（*Adventures Among Birds*，1913）译出，有删节

红冠雀

一时很熟悉，但却长久没有听到的声音，意外传到我们跟前，有时影响我们的心，像它偶然被嗅觉影响一样，将一种过去的景物和情况这样活现地恢复，它较之像是记忆，倒更为像目睹的情形……

最近在伦敦西端的一条大街上行走的时候，听到头上传来高而欢快的鸟的音调或鸣声，我便有了这样的经验。它使我一惊并站住了，这时我抬起眼来，看见鸟在笼中，挂在二层楼的窗子外面。它是有许多回忆的美丽的红冠雀（cardinal）。

它是南美南部雀斑的一种鸟——约和欧椋鸟一样大小，不过形状更优美，尾巴更长；全部上面的羽毛是清亮的翠灰色，下面是纯白色；脸、喉咙和尖的高冠是极鲜明的深红色。

在我先听到，以后看到它的时刻，我确实觉得仿佛这个鸟认识我是从同一辽远国度来的人，它的高叫是向偶然在伦敦大街上相过的，被流放的同辈高兴的致候。甚至还不仅这样：这是我自己的鸟，死去许多许多年，现在又活了。虽然时间使我有种种改变，在离家这样远的地方它还认识我，虽然时间使我有了许多变化了。它，我自己的红冠雀，我所认识的红冠雀，像我一样记得一切——一切我们共同生活的小事；在认出的那一刻，全部历史都显现在我们两个的心里。

我的母亲每年到布宜诺斯艾利斯去，有一次她带我去的时候，我是一个孩子，还不满8岁。在还没有铁路的时代，这对我们是很长的一天的路程，因为现在那个城市和共和国虽然又大又兴旺，以前却并不这样，那时人民是分裂的，自称红派或白派（或蓝派），而且忙着互相残杀。

在布宜诺斯艾利斯，我们住在一个英国的传教牧师家里，在水边的一条街上。他是我父母的朋友，夏季常常带全家到我们那里去，所以我母亲在冬季也有一个来月拿他的房屋当作居所。这是我第一次的拜访，我记得，对于我习惯简陋环境的简单的心，这房屋像是一所豪奢的宫殿。有一个铺砖的大院子，生长着装饰的灌木、橙树和柠檬树，还有许多装饰美丽的房间，背后还有一个过道或走廊。尽头对着走廊的，是书房的门。房后这个走廊对于我有抵抗不了的吸引力，因为墙上挂有许多笼子，装着美丽的鸟，有些是我不认识的。有好几只金丝雀，一只欧洲的金翅雀，和其他几种鸟；但是特别吸引我的鸟是一只羽毛很美的红冠雀，有高而欢快的音乐的鸣声——正是在伦敦大街上刺进我心的那样的鸣声。但是它并没有歌唱，因为我听说它没有歌，只有一个声调，或至多不过两三个声调，而且只是为了它的美才养它。在我看来，它确是最美丽的。

在我们六七个星期的拜访中，我每天总偷偷出去到走廊里，整点钟站着看望鸟，尤其是那个有堂皇红冠的红冠雀，想着有这样一只鸟所会有的快乐。但是虽然我离不开这个地点，我在那里时却总是不安的，总是畏惧地看看尽头处关着的门——因为那是一扇玻璃门，门后书房里坐着牧师，一个庄严好学的人，在读他的书。想起来使我颤抖：在暗黑的内部我虽然看不见他，他从玻璃里却可以看见我，而且更糟的是，他随时都可以突然开开门，出来捉到我正看望他的鸟。在这种情况中，这样的感情并不奇怪，因为我是一个胆怯的、有点敏感的小孩，他是一个又大又严厉的人，一副刮得光光的没有颜色的大脸，里面并没有友爱。半年多以前，他到乡间拜望我们时所发生的一件不幸事件，我也忘记不了。有一天，我急急往里跑，在阳台上失了足，将头碰在门柄上了。于是我倒下去，躺在地板上痛得高声哭，这时又大又严厉的人到场了。

"你是怎么回事？"他问道。

"哦。我头碰到门上了，使我痛得很！"我啜泣着说。

"是吗？"他说，现出冷酷的微笑，"并不使我痛呵。"于是跨过我的身子，他走进去了。

偶然间他突然走出来，发现我在那里，当他从金边的眼镜里呆看或虎视我几分钟之后，他会既不发一言，也不微笑，从我身边走过去——我害怕，并几乎恐怖得畏缩，有什么奇怪呢！这个我所怕所恨的人竟是一个爱鸟的，又是珍贵的红冠雀的主人，显得是多么奇怪、多么不自然呵！

长期的拜访终于结束了，我一面喜欢回到我所留下的鸟——回到紫色的椋鸟、黄胸或红胸的金莺、暴鸟，无数声音可爱的有冠的小歌雀，和其他百种的鸟——一面难过离开我所赞赏，并爱它胜过一切鸟的红冠雀。我被带回绿色大平原上我的辽远的家里去了。冬季这样过去了，燕子回来，桃树又开了花；接着是漫长干热的夏季；以后是秋季——美丽的3月、4月和5月三个月，这时太阳光是柔和的，我们坐在树间，每天整日享受成熟的桃子。

以后又是冬季和到辽远城市去的每年拜访，但是这一次我们小孩子一个也没有被带去。我母亲每次这样长期离开后回来，对于我们小孩子总是一大快乐和节日。又有她和我们在一处，她带给我们的玩具、书籍和美味的东西，使我们高兴得发狂。这一次她带给我的东西，要和它比较起来，一切其他的礼物——一切在我一生中所收受的礼物——都算不了什么了。她有一件用围巾盖着不给看的东西，于是将我拉到她旁边，她问我是否记得一年多以前到城市的拜访，牧师宅的鸟是怎样吸引我了。我们的朋友牧师，她继续说，回到他本国去，永远不再回来了。他的妻子是一个非常温柔和蔼的人，她是我母亲最亲近的朋友，所以我母亲谈到她走掉总难免流泪。在离开之前，他将他的鸟分给他最亲近的朋友们。他急切地想每只鸟都有一个像自己一样爱它，一样细心照料它的主人，他记起怎样天天观察我看望着那只红冠雀，他想将它留在我的手里是最好了。这里就是装在大笼里的鸟！

红冠雀是我的了！就是在我拉下围巾，又看到那美丽的鸟，听到它的高的音调时，我怎能相信！那个严厉冰冷的人，看望我的样子仿佛是憎恶我，甚至像我确实憎恶他一样，他所给的这个鸟的礼物，现在显得是世间所发生的最可惊异的事。

这个暮冬的季节是我的幸福的时光，这段时间我为这只鸟生活；以后因为太阳回来，天也越来越长，越来越明朗，看见我的红冠雀对于它的新环境也越来越欢喜，我也一天快乐似一天。这对于它确实是可惊的大改变。红冠雀在初生羽毛的时候，就被土人从普拉他（Plata）河上游丛莽中的巢里弄了来，用手抚养大，以后送到布宜诺斯艾利斯卖鸟人那里去。所以我的鸟实际上只知道城市的生活，现在是第一次到了有最青的草和丛叶，有辽阔碧蓝的天空，和最明朗的日光的世界。白天里，它的笼子挂在阳台外的葡萄藤下；在那里，温暖芳香的风吹着它，太阳从透明的红绿色嫩葡萄叶中向下照耀。因为过度的快乐，它发了狂，放肆地在笼子里跳来跳去，回应着树间野鸟高声叫着，而且时时突然歌唱起来：不是红冠雀通常发出的三四个到半打的音调，却是滔滔不绝的、像高飞的百灵鸟一样，所以听到它的人都惊异，说他们从不知道红冠雀有这样的歌声。对我自己我可以说，在这以后，我听过成百成千的红冠雀的歌唱，有野的也有笼养的，但是从没听到过一个有这样热情而且持久的歌。

所以这样一天一天继续下去，直到葡萄叶长大起来，铺开绿顶使它晒不到炎热的太阳——是明亮的叶的顶，被风吹动的时候，仍然使闪耀的阳光透下使它活泼，同时在庇荫的葡萄藤外，明朗的世界完全在它眼前。若是有什么人，即使是最聪明的，那时候告诉我说，我的红冠雀不是世间最幸福的鸟——说它因为不能自由飞翔，所以它不能和别的鸟一样幸福——我是不会相信的，因此有一天我发现笼子空了——我的红冠雀逃跑了，使我震惊！我说过，鸟笼是大的，笼丝离得是这样远，像红雀（linnet）或金雀大小的鸟，是不能关在里面的；但是对于较大的红冠雀，却是安全的牢笼。不幸有一根笼丝松了——或者是鸟将它弄松的——在这上面下功夫，它居然将它弄弯了，最后对付着挤出去，逃跑了。跑出到垦殖地里面去，它的呼叫的高声调立刻告知了我它在什么地方；但是虽然它不能飞，只能跳和扑翅膀从一枝到另外一枝——它的翅膀从来没有练习过——它却不让人捉住。有人劝我等到它饿了的时候，再用鸟笼试试它。我照做了，于是拿着笼子，将它放在树下的地上，退后了几步，用一根绳子使笼门开着，一放手便会立刻关住。看到笼子时它很兴奋，又因为很饿了，不久就下到地上，而且使我快乐，跳到笼子跟前了。但是它没有进去：我觉得它仿佛在考虑这件事，可以这样形容：好像两种同样迫切的冲动，将它向不同的方向拉扯——"我是要进去满足我的饥饿——并住在牢狱中呢，还是留在外面，保持自由，并受饿呢？"它站在笼门跟前，向笼里看看种子，于是转头看看我，看看树，又看看种子，低下了发光的冠，急速地动动翅膀和尾巴，兴奋、三心二意，而且进退维谷；最后，对于诱惑的种子又看了一眼，它慢慢飞上或用翅膀扑上最近的树枝，然后另上了一枝，继续上去，一直到了树顶，仿佛尽力远离诱惑它的鸟笼！

这是一个大失望，于是我决心把它猎取下来；因为天晚了，它又不是一个伶俐的野鸟，对于立刻就要出现的老鼠、猫头鹰、黑色和黄色的负鼠（opossum），同其他狡猾的仇敌，能够自卫。我将它从第一棵树赶到第二棵，又赶到下一棵，一直到我将它赶出人工种植的林子，到了一片开旷的地方，在那里它在地面上鼓动着翅膀，直等它到了一个大沟或壕的岸边上，壕约有12英尺深，有瑞金花园的运河一半宽。我想它会落到里面的，那我就能够捉住它了；但是在岸边上休息了一会之后，它起来飞过去了，在那一面跌落下来。"现在它跑不出我的手了！"我叫道，于是过了壕，我赶紧就急追它，因为在壕外面的地是平铺无树的，上面只生长着草和高大的蓟。但是它的翅膀现在因为运动更为有力起来了，它引我继续前去约有一英里路，以后在兔鼠（vizcacha）所聚居的地方生长着的一丛高大的蓟中不见了。兔鼠是大的啮齿类动物。它们结成团体住在一打或20个巨窟里面，它们的嘴紧紧并靠着。它逃下其中的一个洞里。我枉然等待着它出来，结果不得不空手回到家里去。

我不知道我那一夜是否睡了觉，但是日出前一点钟我便起来出去了，并且拿着笼子出发去找它，并没有怀很大的找到它的希望，因为在那地方有狐——我曾经看到一窝小狐——而且，更糟的是，还有那个国度所产的好喝血的、黑色的大黄鼠狼。但是我一找到我失去它的地方，它便用它那高的声调欢迎我。它在那里，从蓟中跳出来，是一个最孤独无依的东西，它的羽毛都湿了，拖脏了，脚上厚厚地蒙上一层湿泥！也欢喜看到我！我一将笼子放下，它便一直走到笼子跟前，并且没有一分钟的迟疑，跳进笼里，开始大吃起种子来。

这是一个快乐的结尾。我的鸟得了一个教训，它不会忘掉的，不会再力拖笼丝，它也永远不会再愿自由了。我这样想象。但是我错了。从那时候起，鸟的性情改变了：永远在不安焦急的状态中，它会在笼里两边飞，高声啾啾鸣叫，但是绝不歌唱——一声也不，使它唱得那样妙的欢乐完全消失了。毫无改变的，它跳来跳去几分钟之后，便回到以前曾经松弯的笼丝那里去——现在已经修好了的唯一的弱点——又去用力拉它摇它。最后使我大为吃惊，它确实又将那同一根笼丝弄弯，逃跑掉了。

我又手里拿着笼子去找它，但是我找到它的时候，它不肯受诱惑。我让它去受一天饿，以后又再试它；在以后一些天中，又做了许多许多次，因为它现在飞起来太有力，不能追它，把它捉下来了。但是它虽然总仿佛用它的高声啾啾欢迎我，却不肯下来，而且在兴奋地向我欢叫并振动几分钟羽毛之后，便飞去了。

渐渐地，我对于我的损失也妥协了，因为虽然不再是我的俘虏——我自己的鸟——它却是靠近我的，它住在人工种植的林里，并常常看见它。常常隔了少数几天或许多天，当我的失去了可又没有完全失去的红冠雀并不在我心上的时候，我曾遇到它，有时候在外面的平原上，和一群紫色的椋鸟、黄胸的金莺或别种的鸟，在一块吃食，它们在我走近时都起来飞开，只有它在同它们走了短短的距离之后，会离开鸟群，落到荃或蓟丛上面，仿佛只是为看看我，用高的声调问候我——说它仍然记得我；以后便飞去跟其他的鸟去了。

它的这个小小的动作，很有助于我安心对待我的损失——使我觉得它更为亲爱，并一变我的孩子气的悲苦，对于它的幸福感到一种新的、奇怪的快乐。

但是还没有到故事的结尾：即使在这样的距离，经过这许多变化的，使人心硬化的岁月，我说时还经验到一种不乐意或心头的沉重。

温暖明朗的月份过去，又是冬季了——从5月到8月的寒冷季节，这时树木光了枝，有雨的南风吹着，有冻冰的夜，冻得有时终天或甚至几天不开。在这时候，我怀念我的鸟，常常惊奇着不知道它怎样了。它和燕以及其他候鸟一起也飞到北方，到更温暖的国度去了吗？这是不能相信的。它不复在人工种植的林里面了——那个平而多草的、海似的平原上面，有小小的庇护的树岛；我永远不会再见到它，或知道它遭了什么命运了。

8月里有一天，这地方所雇的人在忙着年年举行的大灭鼠活动——是一种户内外的春季大扫除。大而老的壕，树木同矮丛，柴堆，许多满是生熟兽皮的仓房和外面的建筑等等的掩蔽，吸引来许多令人不愉快的小动物，使它成为老鼠的首都。通常在初春，在新的禾本和牧草还没有长出来盖着地面的时候，就将它们铲除。它们是被烟闷死的，用硫黄和烟叶使烟能够致命，打进它们的洞里去。一些人在熏烟的手续之后，正掘开鼠洞，我站在其中一人的旁边，这时我在他用铲翻着的草和废物堆中，看见深红颜色的闪光，于是跳下去，拾起那发亮的红东西。这是我的失去的红冠雀的冠！那里还有它的灰白色的翅膀和尾巴上的羽毛，它胸部的白羽毛，甚至还有几块骨头。唉！它发觉在寒冷的风雨中，在光枝上栖宿太冷了，于是在地上寻找一个更能隐蔽的栖宿处，被一个老鼠捉住，带进洞里吃掉了。

对于它的不幸的终场，我经验到第二个而且是更大的悲痛——这种感情是这样痛切，记忆一直到现在不灭。因为它是我的心爱的红冠雀——我的第一只笼装的鸟。它也是我的最后一只。我不能再有另外一只了，它教给我的教训深入到我的心里——我知道了对于一只鸟，世界也是很美丽的，自由也是很甜蜜的。当时间将我第一次的锋锐的悲哀轻缓了的时候，我甚至可以高兴我的红冠雀逃跑掉了，因为它毕竟经历了几个月奇妙的快乐的生活，大自然创造出让它去过的，使它适于过的真正鸟的生活，它过着了。在它被囚禁的那些年中，它都绝不会知道这样的幸福，任何笼装的鸟也不能知道，无论它怎样悦耳地高声歌唱，为的要从善心的照管它的人得一块糖，或一个杂草嫩枝，无论它怎样欺骗养它的人，使他觉得他的被困的鸟很好——他并没有做出什么不公平的事。

——自《禽鸟记异》（*Adventures Among Birds*，1913）译出

鸟的音乐

对于喜好鸟的音乐的人，竟有许多人对鸟的音乐十分淡漠，你谈到它的魅力或美，他们听得不耐烦或者不相信，显得奇怪。大概在许多情况中，这种淡漠是城市生活和嘈杂闹音使听觉迟钝的结果，也由于他们听惯了器乐的高音。我们的文化是闹音的，他的闹音越大，必须在安静的气氛中倾听的较小较柔的乐器便失去了古代的美丽，最后变成过时的了。趋势是走向更高声的乐器和音量；钢琴是普遍受欢迎的乐器，从它得到的雷鸣越多，越被人欢喜。

在这方面，和在其他许多方面一样，我们的所得也就是我们的所失；假如在人的音乐中，最轻柔的器乐声音不再使人高兴，甚或不被容忍，因为音量太小，那最好的自然界的鸟的音乐——鹨鸰与田云雀（pipit）、麦鹟与草原石鵰（whinchat）、鸫鹪与樵鸟、红雀与苇莺所发出的低微妙音，怎么会使我们乐听呢？关于这些细小的乐音，我们最多只能说：像有卵石的小溪所发出的水声潺潺，树叶中的风声和滴滴答答的雨声一样，使人感到安慰。

另外一种淡漠的原因是对于有些人来说，鸟声没有什么表情。

我们知道，过去幸福的起因和幸福的本身被忘记了，还为我们存留下一点什么——曾经同这种幸福有联想的，自然界中的任何景色、物体、和音、声响，这种从一种事物借来的色彩。有些人说，看到一种东西，听到一种声音，会使他们发现一种说不好的魅力或美。但一般并不知道，感动他们的并不是事物本身的特质，他们的快乐几乎全部来自联想，在这种情况中，他们"接收的正是他们给出的"。

任何自然界的物体或声音对我们都有这种魅力，怀特在描写一种昆虫时，就有一个例证。他说："田间蟋蟀的尖声鸣叫虽然尖锐有似喘息，却神奇地使有些听的人欢快，使他们满心感到一切农村的、青翠的、欢乐的东西都有夏天的意味。"若一个人的一生，或者在他早年最幸福易感的时期，生活是脱离乡村景物的，那么夏天对他都不会意味着什么或有一种不明确的幸福感。假如声音好，这声音可能令人愉快，但却是没有情感的。

对于别的人，特别对于从摇篮时期起就生活在自然中并爱自然的人，轻微的鸟声就可以产生魔术的效果，在这里，我回想起一次这类的经验，那是两三个夏季之前，在哈罗盖特（Harrogate）发生的。

从美的外貌和许多上等人常到那里去判断，我应当说，哈罗盖特很受爱好城市生活的人重视；但它是一个寄生的城市，光是这一点就不合我的口味；更糟的是，我发现那里有许多病人同我在一起——有许多人从全国各地到水池那里，希望可以医好自己的病。或者并不都希望完全治好，因为有很大比例的人都是营养很好的中年老年绅士，脸色很红润，眼睛水汪汪的，行走或痛苦地跛行，有些人架着两根棍，有的人拄着手杖，还有很多人坐着沐浴轮椅。我认为这些吃得很好的富裕绅士是患痛风和风湿病的人。

若不是为了一只小鸟，或不如说为了小小的鸟声，在这一大群病人和时髦人物中，我会是孤孤单单，不得其所，抑郁寡欢。每天我到花园中水井那里喝一大杯镁氧矿泉水，在那里坐一点来钟，听那同样的娇柔空灵的声音，那同一只小鸟的哀婉轻鸣，它是夏末在那地方居留的鸫鹩。我并不说这声音是歌。一只正在脱毛的小鸟，在灌木丛中藏身，是没有心思歌唱的。这只是他惯常的细微哀鸣罢了。

人群在一天的某些时候到泉跟前饮水，于是成群坐下来闲谈、调情、欢笑，或者在散步场上漫步，孩子们在绿草坪上跑来跑去，或在流动的水上放小船；快吃饭时人群渐渐走散，直到园里无人，沉静了。但是小鸟总还是在那里的，虽然在矮丛最密的地方隐身，并不是完全看不到它的。每隔一会，在浓叶微微露开的地方，可以看到它的迅速飞过的小小形体，看了一两分钟，一会又不见了。就是在人最满的地方、谈笑声最高的时候，每隔一段短时间，那脆弱微细的哀鸣仍然可以听清。倾听它，听到了，有时在座位附近的深绿丛叶中，一瞬看到那不安静的小生物，我便有一种奇怪的心理变化。不满意、不和谐的感觉就会过去；楼阁、凉亭、沙砾铺成的散步道路、讨厌的花坛、穿得讲究的病人和游手好闲的人、场面的人工造作、以庞大的旅馆做背景，在我看起来都成为虚幻的了——这是我随时可以摆脱的心影，是风一吹拂、云一遮日就可以消逝的外貌。在我周围坐着和活动的人并不真实存在，只有我自己在那里，一只鸫鹩做我的伴侣，我不是坐在漆成绿色的铁椅上面，而是坐在一棵老橡树或山毛榉根上，或坐在松针床上，鼻孔里嗅着松和欧洲蕨的气味，只听到那游线般的飘浮轻柔的声音，在静默中流动。

无疑的，这是表现力极端的一例，或者只有童年主要的欢乐在野鸟、最爱听鸟声的人，才能够经验到。但是表达感情并不就是一切：在有些鸟声中有这样大的魅力，我们首次听到就喜欢它们，那时并不同幸福的过去有什么联想；在这种情况中，我们只能假设：情绪的表现假如存在，那是间接产生的，在美学的效果上所占的成分很少。

除了表达感情之外，有一种情况使有些鸟的歌声给我们留下更深的印象，我们时常忽略——这就是我们的心情和听时的环境。可是就是在为了本身的美最为我们所爱的鸟的歌声中，这也会造成很大的差别。奇怪的事情是，在特别有利的情况中，听到一种特殊的鸟的音乐，听的人会深信，这是最好的歌鸟。第二次或以后听到时也许不是最好，但是一度产生的极度欢乐，在他心里还存在，这个幻觉也是如此。

空气中有这种情况：有时远处的事物却显得近，全部大自然显出稀有的美，使它像一个新的大地。在有些情况中，有时鸟声比其他时候显得更纯净、更欢快、更洪亮，有时用新颖而神秘的美丽音质使我们吃惊。

夏季多雨之后，在日光照耀的空气中，常有一种银似的柔光，这是湿度高的结果；在这样时候，我们有时注意到鸟的歌声鸣声不同，仿佛它们像其他东西一样，也被洗净了；正像我们把芳香的空气吸进肺里一样，我们把新的歌声吸进我们的灵魂。在这种情况中，新被洗净澄清的空气有使人活跃的力量，在令人沉闷的乌云过去之后看到碧蓝的天空，当然很有关系。我们起反应的身体的变化影响我们的感官，它们也似乎被洗净了，能够比以前制造出更真实、更有光彩的形象。

我们还有其他的原因，使得自然的声音，尤其是鸟声，在特殊环境中，或几种有利环境情况结合起来，产生不寻常的效果。这纯粹出于偶然，今天的效果永远不会重复，它会永远消失，像我们最后一次看见的美丽的日落。但是还会有更多更美丽的日落供我们欣赏享乐。

在看望满开着黄色金凤花（butter cup）的草场时，我看到一朵花，或一瓣花，远远地在草场中间，立刻把我的视线吸引住了——这是在千万朵同样的花之间的一朵。这是因为它以那么一种角度反映阳光，使它的有光彩的黄色表面像一片擦亮的黄金闪闪发光。凭了这样的机会，鸟的歌声或鸣声可以带着奇异的美传到听觉，变得比其他一切声音都更美。

一天晚上在牛津附近的一个公园里散步，我停下来观赏花正盛开的山楂树。在嫩枝上站着一只雌苍头燕雀，默然不动，不一会从附近一棵橡树顶上飞下了它的伴侣，下降时划出美丽的闪动曲线，到树丛时仍然飞着，绕着圈子，发出歌声，不是停着时的高昂歌声，声音形式顺序相同，不过要低些，无限美妙，轻柔缥缈。鸟轻轻落在小小伴侣旁边时，歌声也就停止了。

又有一次，4月初天黑后很冷的有风的傍晚，我穿过种着荆豆的公地散步，离我约40码以外，一只草原石䳭发出我从它所听过的最完美、最悦耳的歌声。隔了短短的时间，歌声又重复了，以后又重复一次。这歌声极度纯净、清楚，神秘的悦耳，在那时刻那样出人意料，还是那个偏僻地方又黑又静，使歌声有那样几乎超自然的美呢，我说不出，但是它对我的影响是这样大，我春季夜间在有山楂的地方散步时，总时时停步倾听，希望再听到这样的歌声。

很可能在以上两例和其他我能举出的成打例子中，歌声偶然是在最能感动人的瞬间发出的——这时情况和歌声带来的心情最适宜。但是歌声也能激发心情，像下面的例子所表明的情况。

我曾经听过许多了不起的乌鸫。我住在新森林一家农舍，我睡觉的房间那一边，有一大片冬青树，每晚有一只乌鸫在那里落巢，正同我的窗子平行。每天早晨 3 点半钟，这只鸟便开始歌唱，每隔一段短时间便反复，唱约半小时。那时候非常沉静，我听不到别的鸟，鸟声从约 5 码距离以外，从开着的窗子传来，有这样神妙的美！我躺在那里，头枕在枕上，屋里有夜里的花香和一早的暗淡光亮，听着那神妙的鸟声，我不能希望有更幸福的生活了。

——自《禽鸟记异》（*Adventures Among Birds*，1913）译出，有删节

白 鸭

今年 3 月，地面的绿色比几周之后要显得浅淡一些；可是在今晚，在春季第一天之前两星期，在诺福克郡（Norfolk）一些安静地方一整天漫步之后，我似乎生活在绿色最浓艳的世界。草和草色在我看来是这样优美，甚至对我的幸福有这样必要，在看不到它的时候，我容易陷入无精打采的境地。垂头丧气的心情，像一个坐牢或害病的人，过的日子

> 最多不过灰白沉闷，
> 只是腐朽和阴沉。

在阳光越来越有力量，开始使大地的颜色起可以见到的变

化时，到户外去对于身心是多么好呵！在这样的季节，在一年换季的时候，用一整天在田野间，在漫长的冬季之后，只是去看看草，重新享受欢乐，用草保养我的心灵，像老年的尼布卡德尼查王（Nebuchadnezzar）用以保养身体一样，是多么自然！我出去只为看草，这是我的全部需要，我另外看到的东西使我高兴，只是因为它作为适当的背景，或成为对照使它更为鲜明，或以某种方式陪衬得它更为美丽。例如从远处看见的老旧的红砖农舍，在常青树或无叶的大树之间，有许多斜屋顶上长满了橙色的地衣；安静的小小村庄，半隐藏在大榆树下面，像在微红紫色的云彩下一样；没有尽头的灰色蜿蜿蜒蜒的道路，两边同样蜿蜒的荆棘矮篱，除了上有常春藤，由于日光的照耀镀上了银色的暗绿叶子覆盖的地方，都是无叶的暗紫褐色。另外还有上百样的东西——在绿色草地上吃草的红色奶牛，一群欧椋鸟在头上飞旋，不一会又落到地上；还有在另外一片土地上休息的海鸥，白色和浅灰色，鸟嘴对着风，它们像是小小的鸟形雪堆，在绿色的草地上被阳光照耀着。整天的天气都是美好的——在倾盆大雨中一段寒冷坏天气之后，微风习习，阳光灿烂的一天，柔和碧蓝的天空，有白色和淡灰色的云彩在风前飘动。

看见这些东西——一面看，一面忘，因为人的眼和心被其他东西占据的时候，映入眼帘的东西都还能看到——时间略过中午了，这时看见一件新东西使我震颤，把我吸引住了，在我走过去之后，我的心里还对它念念不忘。我那一天看到的一切东西，长地衣的农舍和灰色的谷仓，路、树和紫色的篱笆，绿色田地上红色的和黑色的奶牛，海鸥和乌鸦，远处的矮山和松林，还有其他更多的东西，在我看来不过是绿色地幔上不规则的边饰和零块。新看见的东西是另外一类，因为它使我摆脱春草的心情，原来似乎是主要东西的绿色地幔，现在看来不过是那可爱事物的合适衬托。

这是我所见到的东西。在绿草场中间，我遇到一个三四十码长，雨水在地面洼地集成的池，是一种在空气和阳光某些情况下，有时在浅水池可以看到的碧蓝色——是一种无法形容的、很奇妙的颜色，既不像湖或深海的碧蓝，也不像花朵或矿石的碧蓝，但是你或许以为它比这一切都更美；假如必须拿它同其他什么东西相比，或者它最近似蓝宝石的蓝吧。假如一个寻找画材的艺术家见到它，他会向旁边看望，正如他看到篱笆上挂着蜘蛛网，上面闪耀着彩虹色的露珠，他知道这些效果不是他的艺术所能表现的。在淡绿地面中间，这个仙境的湖上，蓝色水面被微风吹皱，上面浮着三四只白鸭；比海鸥还白，因为它们都是最纯的白色，除了黄色的喙之外，没有其他颜色。微风也悄悄吹乱它们的羽毛，因为它们转到这面，又转到那面，我走近引起它们不安；正在这时，我站在那里凝视，一片轻云过去，太阳完全出来，照耀蓝池和浮在水面的鸟，使涟漪发出银光，使白鸭羽毛闪耀，仿佛发出自己的光一样。

"我从没有看见过更美丽的东西！"我对自己高呼。到了长长的一天终了，它仍然留在我的心头，像阳光在照耀着它、我看它时一样鲜明，而且继续不断如此，所以我只好把它写出来了。我所见到的美，无疑是由特殊情况造成的——由于水的蓝色，吹皱水的微风，羽毛的白，突然的日光魔术；但是假如浮在水面的鸟不是本身就美丽——体态和无与伦比的白，效果是不会这样引人入迷的。

我准信读者会微笑，或者发出小小呲音，用我们平常写作"pish"（呸）的字表示轻视。因为他虽然愿意承认太阳能美化许多东西，但不包括普通的家禽鸭子。像我们一切人一样，他有自己的成见，摆脱不了。詹姆斯（James）教授告诉我们：每种印象一进入意识，就被引到确定的方向，同那里已有的东西联系起来，最后产生一种反应。就所举的例子说，印象是被描写为一只美丽鸭子的故事，反应是不相信的微笑。它所进入的特殊联系，是由我们过去的一些经验，与现时印象结合所决定的。印象引起旧的联想，它们迎接新印象；它被接受，由头脑重新加以安排。每一印象都命定要进入已先由许多回忆、观念和兴趣充满的头脑。这个心理的引路者，是由头脑里已经准备好的存储物中抽出来的。我们的哲学家又说："在头脑一切统觉的活动中，我们可以感觉到某种普遍规律——节约的规律。在接收新经验时，我们本能地尽量少扰乱已经存储的观念。"

这一切都是有启发、有帮助的，因为它使我能够了解我的微笑着的读者的头脑，我不禁微笑，因为在这个例子中，所描写的东西——白鸭，能同什么东西联系呢？已经存储的是些什么记忆、观念、兴趣和它发生联系，做它的引路者，把它引进去呢？这一些存储都同他一生所知、所吃、所见的鸭子有关——农场里熟见的一摇一摆行走的笨鸟，见到它在饮马池或任何脏泥坑里喝水。它是养鸡的老婆喂肥送进市场的鸟，而同时她的丈夫把猪喂肥。假如有什么令人高兴的记忆或联想与它有关，那也不是美学性质的：它们指的是没有羽毛的鸭子，指的是与豌豆同盘吃的鸭子的香和味。

假如问我，我怎么逃脱这些不说是可耻的，也是不适当的联想，唯一的答话只能是：另一种联想大概是在早期就形成了。或者我的婴儿的眼睛开始看望世界的时候，那时除了奶之外，还没有什么观念和成见的储存，我看到了一只白鸭，它使我高兴。无论怎么样，觉得它美的感觉，可以追溯到很早。我记得几年以前，顺着伊勒河漫步时，我站着凝视清澄的河水又宽又浅的水面上浮着一只白鸭，那里有许多野麝香味植物盛开着花。植物的湿润的浓绿使白羽毛显得更白，花同鸭嘴都是美丽的黄色。我想：假如白鸭在英格兰比白燕，甚至白乌鸦更为稀少，温切斯特（Winchester）一半居民都会出来步行到这个地点观赏这么可爱的东西。

步行或骑马，我多次停下来观赏这种景物，但是今天所见到的白鸭，在绿色的田野中碧蓝的水池上漂浮着，为阳光所照耀，更为可爱，有超自然的意味，使我想起一个原始民族关于天空国度的古老传说，死人住在那个国度，那里像地上一样，有许多树和花，也有兽和禽，其中也有鸭，不过比在地上的更美。人人都可以知道那个国度是在哪里，因为有碧蓝色为证；空气和虚空没有颜色，但是一切物质从远处看都显得是碧蓝色——山呀，水呀，树呀；只有天空的国度距离太远，我们除了它的碧蓝色之外，什么也看不见。但是在那个大平原上，有开口或窗户，那就是星辰，通过这些窗户，在天黑时，那个国度的灿灿光亮就向下照耀到我们身上。

死人怎样到那里去呢——像翱翔的鸟向上飞，向上飞，向上飞，直至到达那地方？他们确实能像鸟一样飞，但是高飞的鸟或脱离肉体的灵魂，都不能飞到那样高度；可是人在死后，除了对那个国度之外，没有什么其他思想和欲望，在地上也没有休息或欢乐，却只在地面上下游荡，飞到人看不到的地方，甚至也离开最近的亲戚和朋友，因为凡人的眼睛看不见他们，在他们谈话时，那些人既不认识，也听不到，这样不再被人们记得，他们是受不了的。因此在白天人们外出的时候，他们飞到森林和无人居住的地方，躺卧在那里，但是在夜间，他们化形为猫头鹰、欧夜鹰（nightjar）、潜鸟（loon）、秧鸡（rail）和其他狂叫哀鸣的流浪的夜游鸟，在地上漫游。一夜接着一夜，他们流浪，呼喊他们的不幸，询问遇到的同类逃开大地的方法，以便终于到达死人的国度；但是谁也不能告诉他们，因为这些同类也处于同样不幸的地位，在找寻出路。但是最后，经过多少月或多少年，他们流浪到大地的尽头，到了支撑天空大平原庞大的石墙和石柱那里；在那里他们终于发现了一种上升的方法，到达他们的家——幸福的国度。

但并不总是这样。有一时从地上到天上的通道比较容易，那时世上死人活人都知道这条通道。这是一棵生在江边的树，最高的枝可以达到天。想象那是怎样一棵树吧，它的支撑着的树干有这样粗：100人把胳膊伸开抱它也够不到手。下面树荫下的地方是这样宽广，全国的人聚集在那里吃饭，人人都有地方。在更高的树枝上，是大鸟筑巢的地方，更高处，其他的大鸟，有鹰、坐山雕、鹳（stork），它们向天上翱翔，向上旋飞，直到只像是碧蓝中的黑点，但是在这些黑点之外，树还延伸，直到看不见了，同天空的碧蓝混为一体。死人从这棵树上升到他们未来的家，他们像猴一样攀登，像鸟一样，从这枝飞到那枝，直至他们到达了最高枝，到了大平原的开口处，他们便从那里进到光明美丽的地方。

　　不幸这棵树很久以前就倒了——哦，很久很久以前了！假如你走遍全世界，寻找年岁最老的人，最后在他的小屋里发现他了，坐在那里弯着身像个死人，爪似的手指扣在一起放在膝上，满脸皱纹，头发白了，眼睛因为瞎也变白了，你问他那棵树，他会说，在他以前很长时间就倒了，或者在他祖父或曾祖父之前，甚至在更早的时代就倒了。它是这样倒掉的——这确是世界史上最悲惨的一章！

　　一个坏脾气的老妇人死了。到了树跟前，及时上了天，很高兴发现自己终于到了光明美丽的地方。走了长途加上攀登，她很饿了，询问她所遇到的人，他们和悦地告诉她说，得到食物的最方便方法是在附近一个湖里捉几条鱼。他们也给了她一根钓竿，并指引她到最近的一个湖那里去。她走开了，对自己、对一切都很高兴，想到那些既好钓又好吃的绿蓝相间还有红黄相间的小鱼，嘴里直流口水。那是清水的小小的圆池，周围有一英里，她被指引到那里去。走近时，她看到很多人站在池边，手里拿着钓竿。有一个钓鱼人碰巧转头，看到一个老妇人慌慌忙忙向他们走来，想开一点玩笑，便向靠近他的人叫道："看哪，刚来到一个老妇人，来钓鱼；让我们挤紧站，说这里没有另一个人站的地方了，嘲笑她一番。"

在这里必须告诉读者：一个人死后还存活的那一部分，在表面上仍同那个人活着时一样。凡人的眼里是看不到的，因为那只是一点稀薄的物体；但已死的永生者却看得见它的真相，年轻或年老丑陋，有灰白头发和皱纹，还有脸上的痛苦、焦虑和激情的印记。脸面和身体是这样，内心也是这样：假如它是罪恶的，充满怨恨和恶意，它还依然如故。但是也必须告诉读者：这种情况不是永久的，因为在那样光明快乐的气氛中，老年和不幸的痕迹是不能持久的；在轻快幸福的生存发生效力的时候，他们在外表上又变成年轻了，内心也起了变化。唉唉，老妇人在这个幸福的地方时间还不够长，在她的外表或恶毒的内心上都还不能起什么变化。

所以池旁的人一见到新来者，便知道她过去是什么人，现在还依然如此——是一个恶意的老妇人。因为性情欢快，他们太乐于参加开玩笑了。在她走近的时候，他们挤紧起来，叫道："这里没有另外一个钓鱼人的地方了。向前去，为自己找一个地方吧。"

她向前走，但是前面的人知道开的是什么玩笑，他们轮过来也叫道："没有地方，这里没有地方，老妇人；再向前去一点吧。"于是她向前走，只是被支派得更远，直到绕湖一圈，回到了原来出发的地点，在这里迎接她的是一阵欢笑和喊声："这里没有地方，老妇人。"

她一怒把钓鱼竿扔下，咒骂人们愚弄她，逃开他们的嘲笑，回到她原来从那里进到天上的开口处，扑到最高的大树枝上，开始向距离很远的大地下降。死人中只有她到了那个国度，又转过身回到地上，造成了我们无完无了的悲哀。到了地上之后，愤怒和复仇的欲望使她疯狂，她把自己变成一只大水老鼠（在那个河里可以找到这样的生物），有寻找猎物的狗那样大，有4个钢凿子那样锐利的牙齿，上下牙床上各长两个。在大树根旁为自己掘了一个洞，她日夜干活，一干许多天，许多月，许多年；假如她觉得重活使她疲倦了，她想一想，她所受的屈辱，和湖边人们的嘲笑，她又会愤怒起来，继续用劲干活。这样子，大树根和下部树干就被钻成洞，钻空了。什么人也不知道这个恶毒的老女人在干什么事，因为她扔出来的大量木屑都被大河的潮水冲走了。直到最终，她的恶毒还支持着她，大树弯了，在大风里摇晃，最后发出万雷般巨响倒下了，树倒震动了世界，使所有居民满心恐怖。只在他们看到原来到达天上的像绿色巨柱的大树平卧在世界上的时候，他们才知道出了怎样可怕的事。

名叫卡里达瓦的大树这样完结了，我的故事也这样结束了。这个故事原是保存民族历史和传统的聪明老人口传的，由传教士记载下来，我在很年轻的时候在他记述故事的书卷中读到过。

但是我要冒昧说明，这个故事不是强拉硬扯进来的；我今晚坐下来要写白鸭时，我并没有想到要使用它。阳光照耀，白色惊人，一群黄嘴鸭子漂浮在微风吹皱的碧蓝水池上面，这一幻象——因为它像是幻象——必须加以描写，但是怎样写法呢，除非我说那像是一瞬看到了非人间的地方，一切东西都像在地上一样，只是在更光明的空气中显得更为美丽？我的碧蓝水池，上面漂浮着白鸭，在春天的绿色田野里面，被风吹动，被太阳照耀美化，好像是突然的幻象，那辽远国度的写照。

在正要结束的时候，另一偶然的念头来帮助我。我说假如白鸭在英格兰像白燕一样稀奇，温切斯特一半居民都会出来凝视赞赏伊勒河畔的白鸭，这时我已经说出这种思想了。有许多原是美丽的东西，因为太普通，我们又那样使用，显得并不美丽了！现在帮助我记起来的是英国古史中的一件事。近一千年之前，有一位美女，除了她是一位伯爵的女儿之外，别的少有所知；一位年轻国王，虽然在那样狂暴时代，却超过一切人，对美富有热情，爱她并使她成为王后。在为他生了一个儿子之后（这儿子以后也成为国王），她逝世了，英格兰一直感到悲哀。因为她极为美丽，她在全国知名为"白鸭"。我们只能设想，在那个辽远时代，白鸭在英格兰是稀奇的，因此看到的人都聚精会神注视它，像我们看稀有可爱的东西［例如翡翠鸟（kingfisher）］，并能欣赏它的十全十美的可爱。

——自《禽鸟记异》（*Adventures Among Birds*，1913）译出，有删节

在汉普郡一个村庄

更深入汉普郡内，我到达了一个地点，因为我要在那里寻找一种不易见到的稀有的鸟，我不能提地名。对于想拯救我们的鸟的人，心里必须要记住私人收鸟家；这种害人精总热心把任何被英国人杀害的稀有鸟的最后的标本弄到手。一种鸟近乎绝种的时候——换了话说，就是已经稀有了的时候——这帮贪得无厌的东西的领袖和立法家就会说，我们的正当办法就是尽快把它消灭，因为这样做，我们为了科学和后代的利益使我们的橱柜里有很多标本。法律不对这些强盗采取措施以保护我们的鸟。他们之中有许多身居高位、受人尊敬，当地方官、当议员，常常位列于重要人物之中。他们不就是强盗，而且是最坏的一种吗？进到我们屋里偷金子的人，比较起来，所偷的是区区不足道的东西；可是这些没有被送进监狱的强盗，却使有千百万居民的农村失去了一件最好的宝物——它那光彩照人的野生动物。

我到了这里的一个村庄，在全州我以前没有到过的村庄超不过半打，这是其中的一个；因为它离我要考察的地点不远，我想在这里住几天。村庄的名字我早就知道了，一位佩戴许多勋章的老年兵士，现在是一处皇家园苑的猎场管理人，又好意地为我细细加以描绘。去年春天有一天，他指给我看一个乌鸫的巢，他对它有些焦心而感兴趣，因为这个巢在一棵西班牙栗树的树瘤或突出部分，离地只有几英尺，调皮的眼睛容易看到，地位并不安全。我们关于这个粗心乌鸫或其他鸟的谈话，引起他告诉我，他是在汉普郡一个偏僻的小村度过他的童年的，我便问他，他对于故土既然有那样感情，他怎么能离开它过生活，为什么他现在不回到那里去呢？他回答说，这正是他的心愿和打算，而且不仅在他渐渐要老了才这样想，就是在他年轻力壮，在印度、缅甸、阿富汗、埃及的时候，也就有这个念头了。最后，满足他的愿望的时间似乎近了；在园苑再过两年，他就可以有一笔小小年金退休了，加上兵士的津贴，就可以够他在出生的村庄度过他的余生了。

我现在想到了他：一个身高体直的老兵士，脸色严肃，头发胡须灰白，多年在许多辽远地方保卫帝国，现在在一处园苑里焦心地守卫着一个乌鸫巢，不受从伦敦贫民窟来的无法无天的小阿富汗人和苏丹人损害。我坐在小溪旁一棵倾斜的树干上，离墓场只有扔石可达的距离，想到他不久就可以回到他童年常住的地方，是很好的。我实际就在村子里，但是除了靠近我的树林中风的微声，脚旁流水潺潺之外，别的声音都听不到。后来传来另外一种声音——离我不几码之外，突然有一只母红松鸡的高声示警或挑战的叫声。它站在清澈的水边，在绿色的水薄荷和勿忘我花丛中间，身后是高草和雏菊的矮丛，可以看到它黑色的有鲜橙和猩红色装饰的好看的头。我们互相看望，在那地方人同大自然那样亲密共处，确实是和平的，在那里也愉快；可是留在那个村里对我不合适。它的妙处主要在它处于树木与小山间的洼地上，与外面世界隔绝，而我最喜欢空旷地方，从门窗可以远眺外看，风从各方面自由向我吹来。因此我到了一英里半以外的另一村庄，地方更为开阔，同劳动人民住在同一农舍里了——他们夫妻有一个 11 岁的男孩。

我常有的好运气又随我到这地方来了，因为同我合住的人少有比他们更使我欢喜的。妻子够明达，让我随意过生活而不加干扰，所以我能早晨 4 点钟起来，他们都还在睡觉，出去前便到厨房自己预备茶点，高兴什么时候回来和吃什么，都随我自己的便。丈夫也是十分好的主人，他的优点和干活的聪明，使他的地位比多数劳动人民更高。他一周确能赚到大约 3 镑，但是他的兴旺并没有把他惯坏。他满可以像村里他那阶级的人一样，一星期只赚 15 或 18 先令。他的态度特别令人欢喜，他在家里既安静，又温和。我们也许会以为他是被妻子制服了——她是居支配地位的人，并不如此。他们在一块和同坐一桌的时候（我有时和他们同坐），她附和他，温和欢快地谈着话，看着他的脸，在他说话时细心倾听。他们的态度同他们同样地位的人很不相同，使我迷惑不解，从他声音中的特殊悲怆，从我所摆脱不了的他眼睛中那种内向的梦幻表情，我原可以猜想其秘密；但是我并未猜想，只在离开村庄之前，我才听到原委。

再有就是男孩，他在家里同他父亲一样安静、温存，声音低。他不喜欢书，不乐意上学校，不喜欢游戏，但是他极爱野外的东西，总想独自在户外，追随并观察禽鸟。

我自己在那样年岁同他相似，不过处境更为幸福，不必慢吞吞地去上学校，也不必俯首去读不高明的书本。

要离开的前一天，我在草原上逛了很久之后，下午回来吃6点钟的饭，看见我的女主人像平常一样准备好了，甚至有些热心想听听我要告诉她的事。因为她也一个人终日独自待在家里，只有孩子中午回来几分钟，急急忙忙吞咽了午饭，又在学校钟声唤他回校之前，尽量争取时间跑到最近的树林或草原，这时我把在草原漫游所经历的一切事告诉她，她似乎都特别感兴趣。她听我叙述我到了什么地方，到了什么旧水沟、古墓、冬青树丛，发现了什么鸟，或遇到什么意外的事，仿佛在听什么冒险故事一样。她默默听我说完，然后问一打问题，使我把走过的地方重走一番，使谈论草场的话继续下去。这一次她说话较多，告诉我说，草原对于她很有意义；渐渐她说出她对草场所怀感情的全部故事。这故事包括从她结婚起，到一年多以前，在她的两个孩子一个9岁、一个6岁的时候。那时候有两个孩子，他们住在草原边上，靠近松树和橡树林的一个农舍里面。她的丈夫喜爱鸟和一切野兽，他很熟悉它们，过些时她也同样喜爱它们了。她最喜欢听它们的歌声和鸣声，鸟声终年日夜都可以听到。那地方没有道路，附近也没有房屋，很安静，就是最小的鸟发出的最弱声音，你也不会听不到。她在户外的安慰和唯一快乐就是它们的歌唱。她在那里是很孤独的；她很少阅读，从没听过音乐——要走好些英里路才听得到钢琴。所以鸟的歌声对她就是最悦耳的声音了，尤其是乌鸫，她认为比其他鸟都好。她初来到这个村庄住时，她几乎受不住闹声——公鸡叫，儿童嚷，人们高谈，车子乱响，还有各种闹音！这一上来使她的头发痛。在夜间，他们多么怀念鸟声呵——林间猫头鹰的鸣声，特别在冬季，在夏季秧鸡和夜莺婉转歌唱。

可怜的妇人用半小时时间谈来谈去她在草原上的旧时生活，偶然对她自己的感情发笑——离旧地方那样近，她的乡愁真是糊涂——可是她的语声中总有点变音，全部时间内总避开她心里最占上风的问题——这就正是我等待着她要谈到的。最后她不得不谈到了，用手遮住她抑制不住的眼泪之后，她轻松了，于是开始自由谈起她失去的孩子。她的名字叫紫罗兰，认识她的人都说，再不能给她起个更合适的名字了，她是那样美丽，那样像一朵花，她的眼睛像紫罗兰。就一个小孩子来说，她最最喜爱花了。没有人看过那样的。玩偶和玩具她并不欢喜——她只爱花。在她不过5岁的时候，她的感官同成年人一样敏锐。她是最喜爱人的小娃娃，尤其喜欢她父亲，每晚他回到家里的时候，她便跑去迎接他，坐在他的膝上，直到上床睡觉。他们两人谈多少话呵！最奇怪的事情还有待叙述，两个孩子都是如此——这是他们消磨多半时间的方法。离村有那样距离，要费很大周折，于是就让男孩在家里学习识字。假如天气好，两个孩子便很早起来吃早饭，然后用小篮子装着午餐到草原上去，妈妈直到下午约5点钟才能看见他们。男孩总最喜欢鸟和兽，像他的父亲；终日追随观察鸟兽而感到高兴。女孩最爱花，一遇到稀有或她全未见过的花，她会欢叫，大惊小怪，仿佛她在草原上找到一颗漂亮的珍珠。她是一个健壮的孩子，总是一副健康的形象，所以她突然患了热病的时候，使他们大感惊恐，请了大夫。他不以为情况严重，但是他对病的性质似乎怀疑，结果造成了致命的错误——他自己说是错误。危机到了，可怜的孩子情况很糟，又去请大夫，但是等了很长时间他还未来，但是同时必须想点办法呀！便给孩子洗了热水澡。烧退了，病没了，孩子安睡，有了恢复健康的迹象。于是大夫来了，说孩子见好，办法对了——但是他必须把她叫醒，给她服一次药。她请求不要给她，他坚持要给，于是把孩子叫醒，让她喝了药，孩子刚一把药喝完，她便倒回去了，面色灰白，几分钟内就死去了。

他们失去孩子之后差不多两年了；他们在村里定居已久，对村里的生活已经习惯了；男孩对于学校渐渐更适应了；她的丈夫有了不同的工作，比以前的工作对他更合适，他很受主人重视；他们同邻居相处得也很愉快。但是情况的改进并没有给他们带来幸福——孩子的损失他们忘怀不了。妻子白天里长时间独自在家，自有她的悲苦；但是丈夫晚间回到家里时，她能够抛开悲苦，总显得欢欢快快，她全心全意要使他忘去他的悲哀。但是似乎没有用处，他是一个变了样的人。他的全部思想，整个的心，都放在他失去的孩子身上了。他一向总是脾气好并仁慈的，但是他也是欢快的，很有风趣，充满欢笑；现在我看到他是这样：是一个安安静静的人，有时微微一笑，但是他显得忘记怎样大笑了。

——自《禽鸟记异》（*Adventures Among Birds*，1913）译出，有删节

邻人的鸟的故事

我们有时候会犯错误，我对路那边的邻人莱得朋（Redburn）君下了一个结论，以为我用不着他，这确实是犯了一个错误。因为那时候我正在东海滨一个村落里捕鸟，在忙着这种事的时候，我要从我所遇到和交谈的人身上，寻求吸引我的事情上的兴趣，寻求关于鸟的学问。若是他们完全没有这种兴趣，他们便是可以忽略的人。莱得朋君是一个退休的银行经理，一个鳏夫，独自住在我住处对面的一所房子里，十分自然地被归入了这一类。他是对于生人怀着友爱感情的和气人，和他谈话是很愉快的，但是不幸的是，关于鸟他毫无所知。

有一天我们在村外一英里的地方相遇了，他出来散步，我自然是秘密逡巡回来。因为他似乎愿意谈一谈，我们便在路旁的绿岸上坐下，各自拿出我们的烟斗。

"你总在跟着鸟走，"他说，"关于鸟我却知道得这样少！"于是为证明关于它们的习惯和需要他知道得何等少，他叙述了一只他有一时养在笼里、挂在房后的画眉的历史。他房后有个园子，他在那里种花和菜蔬自娱。这只鸟是从巢里拿来，用手养大的，因此它根本没有学会唱真正的画眉歌，却自己发明了一种，用模仿的声音组成的——喔喔的家禽，吹口哨的孩子，和各种其他村里的闹声，其中也有从铁匠铺出来的。住在近旁的乡村邮差，有一种特别的尖锐的双口哨，他走近屋子时总发出来使他妻子来开门。这种声画眉也模拟得异常灵巧，使得可怜的邮差太太总白白跑到门前，最后不得不请求她的丈夫发明另外一种声音通知他的来到。

看到鸟总是欢快喧闹的，但总不那么好看，使得莱得朋莫明其妙。供给它清水和好的食物——面包、奶、压碎的油菜籽，每天都有。但是它从不显得乐意吃它的食物，它的羽毛有种干松不整的外表，而且没有光泽。在这一方面，它和常来园子里的野画眉是完全相反的。

有一天，在这个鸟为他所有一年多之后，他适逢坐在园子里抽烟，这时候这只野画眉飞来了，在草场上跑来跑去，寻找东西吃。偶然他注意到了，他的笼中的画眉聚精会神地观察着野鸟。不久草场上的鸟看见了一条虫，不小心从洞里伸出头来，鸟便冲过去捉住它，于是就开始拉，一直将它拉出，然后再杀死它，胃口很好地将它吃掉了。笼里的鸟越来越兴奋地看着这一切，当虫被杀被吞的时候，它的兴奋达到了极点。

"我奇怪它是不是也要吃一条虫呢?"莱得朋君自言自语，于是他拿起铲子，掘了两条大的虫，放在笼里作为一种试验；画眉一看到它们，便扑上去将它们杀死吃掉，仿佛饿疯了一样。以后他每天为他的画眉掘几条虫，而且看到他手里拿着铲子，鸟总在笼子里发狂似的跳来跳去。

因为这样一来增加了它的食物，过了一段时间画眉便有了更为明亮的、更有光泽的羽毛。

莱得朋君庆幸自己有了这样幸福的发现——对于他的画眉是幸福的。他费了一整年才有这样的发现，但是我觉得一种更重要的发现，他曾经很接近却没有得到，就是：使你的被囚禁的画眉得到完全幸福的唯一方法，便是开开笼子让它自己飞去找虫子，并且得到一个配偶，由它帮助着在冬青丛中筑一个深深的巢，做5个上有黑斑的、宝石似的美丽的蓝卵的父亲。

他所有的另外一只唯一的鸟，便是穴鸟，是一个蛮有趣味的可爱的鸟，翅膀没有剪掉，所以能够自由自在随意来去。但它是一只恋家的鸟，虽然也爱捣乱，却是很亲热的，而且主人若容许它用自己的头做栖止处，它便最为快乐了。

有一天，莱得朋君正在书房里忙着的时候，他的7岁的小女儿哭着到他这里来抱怨说，穴鸟是那么样苦扰她！它要将她鞋上的扣子扯掉，因为她不让它这样做，它便啄她的踝骨，使得她很疼痛，哭起来了。他将他的手杖给了她，笑着告诉她说，用杖在穴鸟的头上狠狠打一下，就可以使它举动规矩了。他一点也没有想象到，穴鸟那样聪明迅速的鸟，会让自己被一个小女孩用长手杖打到。可是这件不可相信的事竟发生了，手杖确实落到了穴鸟的头上，孩子高叫起来，于是他跑到她那里去，见到她在哭着，穴鸟躺在地板上，外表上完全是死了的样子！他们温存地将它拿起来，察看一番，说道它的的确确是死了，于是又温存地、悲哀地将它放下去。突然间，他们又惊又喜，它睁开恶作剧的灰色小眼睛，看望俯身站在它上面的朋友。于是它站起来，开始左右摇动着头，以后又振动两三次羽毛；接着它又要用爪搔头，但是没有成功。它是在晕眩的状态，不知道它遭到了什么事；但是不久恢复过来，而且还和从前一样爱它的小游伴，不过绝不再想法拉她的扣子或啄她的踝骨了。

在这以后，穴鸟失踪了一两天，又被村里的一个孩子给弄回来了，他受了热烈的感谢，并得到几便士的报酬。从那一天起，每个小孩只要有运气发现穴鸟出了范围，并能握住它，都希望将它送到家里，得点赏钱；因为小孩们都是很穷的，渴想甜食，他们不断寻觅穴鸟，并在他们的破布小口袋里装点东西，走来走去引诱穴鸟到他们的茅屋里去。每天穴鸟都失而复得，直到这位并不有钱的好人得到结论：他养不起这样费钱的宠物。有一位先生已经有一只穴鸟，还要另外一只，所以就将这只送给他了。在它的新家，它有很好的大园地，里面有许多大树，穴鸟有一个同类的好伴侣，一直到死都是很快乐的。它的死来得很突然。两只鸟并栖在离屋很近的一棵高树上面，有一个夏夜，这棵树被雷电所打，第二天早晨发现两只鸟死在树根那里了。

我的邻人还有一个鸟的故事，说起来是最好的。这故事是关于白嘴鸦的，只有这一种野鸟他可以观察并发现点它们的习惯。他那时所住的房子，在园的尽头生长着几棵榆树，里面有一个小的白嘴鸦巢，鸟筑巢时的情形引起了他的好奇。有一个星期日早晨，他决定用全天的时间细心考察这些黑色邻人的家事。他想，无疑的，它们服从一种规则和习惯，使它们能够在一个团体中生存，在紧相连接的巢里过生活，并养育小鸟。不过显然这并不是一个理想的社会，而且闹声并不是因为血气旺盛，像一群孩子出了学校一样，而是有很多责骂争吵的声音，而且时时有很大的骚扰，仿佛全体的鸟都突然生气兴奋起来了似的。是什么引起了这样的爆发呢？为要查明这件事，他那个星期日早晨在树跟前一张椅子上坐下。最近的一棵树只有一个巢，一个还未完成的新巢，最后他想最好在这一点上集中注意，观察一对鸟的行动。他很快就发现：观察几只鸟的活动和动作，和它们的巢，使得他很容易疲倦混乱。他所注意的一对鸟来来去去，有时候一起，有时候先去一个，后去一个，有时候在配偶不在时，一只鸟留在巢里。这继续了约有3点钟，在巢那里并没有发生什么异常的事。在鸦巢的别处有小小的喧闹和骚扰，但是他决心不让他的注意离开这两只鸟。最后他得到了报酬，看到这对鸟中的一只飞到约30码外，临近一棵树上，一个没有鸟看护的巢，慢慢拉出一根小枝，带回来，细心安插在自己的巢里了。过一会两个被抢的鸟一同回来了，仿佛立刻就觉到它们的家有什么不妥。在巢上站着，它们将头并放在一处，鼓动着翅膀，并兴奋地叫着，立刻有别的鸟加入，陆续又有别的鸟，一直到几乎全部的鸟都聚在一棵树上了，全都大声喧叫着。过两三分钟之后，它们自己间争吵起来了，有生气的用嘴用翼相打的事发生，这以后纷扰又消沉下去了，鸟群散开，每对都回到自己的巢。这以后，比较的和平同安静持续了一段时间，但是莱得朋君这时看出了，有一只鸟总在小枝被偷的巢上守卫着。他的两只鸟安安静静地继续工作，来来去去，渐渐地，在纷闹之后约有2点钟，它们两个一同飞到田地里去了，而且它们刚一走开，曾被它们所抢的，在树上守卫着的鸟，便一直飞到它们所离开的巢里，仿佛经过细心的考察之后，它衔着一根小枝，用力拖它，一直到将它拉出。它嘴里衔着一根小枝，飞回到它的巢里，接着将它安排在巢里了。

不诚实的一对鸟回来，发现它们所抢的东西被剥夺了，会发生什么事情呢？莱得朋君问。他怀着敏锐的兴趣观望它们回来，不一会它们回来了，而且使他惊讶，什么事情也没有发生。它们落在它们的巢上，像平常一样看一看，看它是否和它们离开时一样了，虽然它们无疑地看出了并不像原样了，它们并没有起无谓的纷扰。

莱得朋君以为在这件事上最可注意的是：被抢的鸟仿佛很

明白谁是贼，并从什么地方能找到小枝。

在我看来最可注意的是：我的"对鸟毫无所知的"邻人，在一天的观察之中所看到的事情，比鸟类学的书中所包括的任何单独的观察，都更有力地助人了解鸦巢的规则。

在这个例子中，按照他所叙述的情形，被抢的鸟似乎很明白在它们的邻人中犯罪的是谁。那么抢劫的鸟为什么不被攻击呢？而且既然它们等待时机，安安静静地去将它们的东西取回，为什么又有一上来的纷扰呢？我们知道，有时候全部鸦巢的鸟都对于特别的一对鸟愤怒。在这样情形中，它们攻毁犯罪者的巢，而且在极端的时候，将犯罪者从全部鸦巢驱逐出去。我认为这样攻击只是对于改正不了的鸟，对那些材料全是偷来，使自己被团体所厌恶的鸟才会有。仿佛在现在这情形之下，全体的鸟虽然被抢劫的新闻和受害的一对鸟的高声抗议所激动，却不愿把这件事看得过于严重，所以略经讨论和争吵之后，就让那对鸟去办理它们自己的事情去了。我们也可以这样想：在多数的情形之下，对那些有社会规则，却并不严格遵守它的鸟，偶然的犯罪是被原谅的。所以在家里，在有机会的时候，白嘴鸦是偷小枝的，而且在邻人不在旁的时候，也向邻人的妻求爱。太严厉的规则是不成的；事实上它会推翻整个的团体，白嘴鸦便不得不像食腐肉的鸟一样过生活，一对鸟独自成一个单位了。至少我们在这个例子上看出：仅只在受害的鸟的愤怒的抗议没有引起攻击的时候，它们才安安静静等待它们的机会，恢复它们的财产。抢劫的鸟那样驯服承受的样子，似乎表示它们对于这全部事实也很了解。它们处在危险的地位，十分愿意丢了取得的东西，不再说什么了。

——自《博物学者的书》（*The Book of a Naturalist*，1919）译出

玛丽的小绵羊

这是一个养作宠物的小绵羊的历史，它和我所知道的其他小绵羊，在心理上是不相同的。近乎显著的个性的东西，我们在这种动物身上寻求不到，可是绵羊有时却显出个性，虽然不与猫和狗有同样的程度。山羊比绵羊显出更多的特性，大概因为我们不勉强它们在群中过生活。实在的，我们一考虑我们怎样养可怜的家养的绵羊，便可以看出它们发展个性的机会是不多的。一只羊不能"随他自己的天才"（比方说），而不侵犯为它那一类动物所定的规则。它在这方面的情况，和纯社会主义的政府下的人的情况相似：例如，像古代开化的秘鲁人（Peruvian）的样子。在那个国家，人人都照所吩咐的样子行事：工作和休息，起来和坐下，吃喝和睡觉，结婚和老死，都按照指定的方式。而且我敢说，若是他想要独创，或做点出常的事，头上是要被打的。我们的绵羊也是这样。牧羊人由他的狗帮助着，替它划定了一生，从出世一直到死，让它走的路是不准它离开的。但是一只小绵羊若被从羊群取走，在田场里养起来，并给它狗或猫或甚至许多山羊所享受的自由，几乎每一只都可以发展出它自己的特性。

我记得在南美大平原我的家里，我们有一次所养的驯服的绵羊，它在偷窃上胜过许多贼性的狗，连那指示猎获品的猎狗也包括在内，在全狗类中这种猎狗要算最熟练的贼了。这个捣乱的动物能够到屋里的时候，烟草和书籍是它不断寻求的东西。烟草是难弄到的，即使它有很长的时间寻找，然后才有人前来，重打它一下或踢它一脚，将它赶走。但是书常常放在桌上椅上，并且容易够到。它十分知道那是不对的，而且若被发现，它要吃苦头，但是它是异常伶俐的，远远地看望着屋子，当它看到或伶俐地猜到，坐息室、餐室，或任何其他开着门的房间里没有人的时候，它会静静地偷走进去，发现一本书，它便会匆匆衔起，带着它走开。带到了垦殖地，它会将书放下，把蹄子放在书上，开始扯下书页，并尽量急速地将它们吞咽下去。有一次它弄到一本它不愿放弃的书——一切的叫嚷和在后面的追逐都不能使它将书丢下。它会向前直冲，超过追它的人50码或更远；于是它停住，放下书，开始匆匆撕下书页；在人大叫着追赶到跟前的时候，它又急急衔起书来，使它在脸旁拍击着向前急跑，把我们远远地抛在身后。最后它的蹂躏不能再被容忍的时候，它便被送到羊群里去了。

我到巴塔哥尼亚去的时候，常住在定居在那里的一个英国人家里，他在田庄上养一只骆马（guanaco），习惯和我们的偷书的羊相似。这个动物小的时候被猎骆马的人捉住，我的朋友将它养起来，作为一个宠物。长大时它同绵羊和其他家畜相处，并且同狗要好，但却用很多时间在平原上独自漫游。它也能和马一样跑，但是最后因为它极爱将它所弄到的白色亚麻布或棉布吞食，不得不把它赶开。但是这骆马像我们的羊一样，是伶俐的，会从后面走近房子，进到卧室，衔起一条毛巾、睡衣、手帕，或其他只要是白色的亚麻布和棉布的东西，将它衔走。有一天，我的主人进来准备去赴邻近田庄的宴会，而且将他的衬衣拿出放在床上之后，他便走进隔壁的屋里去洗一个热水澡。回到卧室来的时候，他刚来得及看到他所豢养的骆马从床上衔起他的收拾得漂漂亮亮的、雪白的衬衣，向开着的门急冲。他狂叫一声，没有效果，但是他决心不失去他的衬衣，因为在这时刻他记起来这是他唯一的干净衬衣了；他就身上只裹着一条毛巾冲出去，跳上在门口备好鞍的马，开始追赶。他出发了，一面叫狗前来帮助他追回衬衣。他的狂叫高呼把周围的人全引了来，他们跑出后也急忙骑上马，在他后面跑起来。骆马用没有马能赶得上的步幅，远远地在他们前面跑，衬衣紧紧咬在齿间，飘动着，拍击着，像是风中的一面白旗。但是它时时站住，将衬衣放在地上，匆匆撕下一块，于是再拾起来向前急跑。追上它的狗只在它周围跳动，快乐地吠叫着鼓励它向前跑，使趣事继续下去。它是狗们的朋友和玩伴，在它们看来，这只不过是爱游猎的主人，为给它们开心，发起的快乐的假装打猎罢了。追赶是顺着河槽，一片坦平的大平原向前去的，继续了约有四五英里路；到这时候，宝贵的衬衣已经缩成很小的东西了——事实上只剩下了坚硬的浆过的前襟，骆马觉得是不易嚼咽的了。最后追猎放弃了，我的可怜的没有衬衣的朋友，裹着毛巾，在一群欢笑的人中，忧伤地骑马回家，同时还跑着一群狗，它们垂着舌头，因为这样兴奋地跑了一番，大乐特乐。

我现在回到我坐下来要写的题目吧——玛丽的小绵羊。一上来它是很小的，我的最小的妹妹，那时候自己也并不很大，总常照顾孤苦无依的生物。有一天她从牧人的茅屋回来，带来一只不幸失了母亲的小绵羊。奇怪得很，这个小妹妹的名字叫玛丽——在人人不是叫多里司（Doris），就是叫多林（Doreen）的时代，我们不常听到这个名字，但是在那人常起名叫玛丽、简（Jane），或以利沙白（Elizabeth）的邈远的时代，这个名字却是十分普通的。这个无母的，她所带来的小绵羊，就长成了她的宠物。毛像雪一样白，这白也是不足奇的，因为每天用香胰子洗它，它的美丽的颈子上系着丝带，而且常有深红的马鞭草属花的环装饰着，这花衬着雪白的羊毛，显得异常鲜艳。它是一个美丽的、性情和爱的、温存的生物，而且可以证明从没产生过任何顽皮的倾向，像那较早时期的偷烟草偷书的绵羊那样。她们两个都是单纯的，彼此很相爱，而且正像旧时熟悉的歌中所说的一样，玛丽走到哪里，她的小绵羊便到哪里。但是鲁特琴上已有裂缝[1]，它会逐渐加宽，一直到使音乐沉默。小绵羊是异常好玩耍和跳跃的，但是它的女主人却有她的小功课和职务要照料，小绵羊是不懂得的，所以常常在嬉戏跳跃要女主人再跑一番不成功之后，它便会跑开去同最小的狗赛一回跑或玩其他的游戏。狗是有反应的，所以它们在一处十分快乐。

我们那时候养了8匹狗；两匹是指示猎获品的猎狗，其余是那国度的普通的狗，毛顺滑的动物，约有守羊犬（collie）大小。像一切允许它们按自己的方式过生活的狗一样，它们结成一群，最有力的一个是它们的主人和领袖。它们用狗的方式，在房屋附近的空旷地方，伸开身子躺在太阳里熟睡，度过它们多半的时光。它们没有许多事可做，除了向走近屋子的陌生人叫一叫，并将强要穿过篱笆进到垦殖地的牲口赶走。它们也自动出去打猎。对于黎比（Libby），毛如白雪的受宠爱的美丽小绵羊叫这个名字，它们是奇怪的游侣和同伴，可是黎比觉得和狗相处是这样情投意合，渐渐地它的全部时光，无论昼夜，都和它们在一块度过。当它们来到门前吠叫乞怜并摇尾巴引人注意它们的需要，或看看它们的时候，小绵羊会和它们一起，但是并不穿过门槛，因为狗是不准到屋里的。叫的时候，黎比也不到女主人那里去，而且发现了草是它的正当食物之

1　是分裂或不和的兆头之意。

后，人给它的东西它什么都不要。连一块糖也不要！它不是一只被宠爱的小绵羊了，它却是狗中的一条。狗自己虽然很爱争吵相斗，却绝不对黎比猖猖或咬它；它从不想法从它们那里抢走一块骨头，却在它们睡觉打盹一连几个钟头的时候，小绵羊给它们当一个舒服的枕头。黎比只是因为要和它们常在一处，并且照它们一样行事，也要睡觉。或者倒不如说是，在地上伸开身子装着睡觉，总有一条狗枕在它的颈子上。其余两条、3条，甚至4条不能得到枕头的狗，会躺在黎比的周围，头紧贴着它的毛。它们成为奇怪的有趣的一组。若是有人发出尖锐的口哨，或"起来扑它们"的喊声，小绵羊便会电似的跳起来，将睡意蒙眬的狗扔开，顺着有荫的路冲出垦殖地，察看发生了什么麻烦事。于是狗们摇醒睡意，会突然发动，而且或许在200码外赶上它。

　　小绵羊的最有趣的动作，是在狗发作了它们的有周期的打猎瘾的时候。这时它们会半天不见，到平原上打兔鼠去，正跟猎狐狗和其他种打猎本能还存在的狗，会偷偷从村里出去，自动去追逐或掘出野兔一样。

　　兔鼠是一种大的啮齿类动物，群居在许多大窑所组成的村里，土产的狗喜欢进攻这些堡垒，但是得到它们目的物的时候是少有的。一匹不比猎狐狗更大的狗，可以一直进到洞里和兔鼠相搏，通常的结果总是它为自己的大胆大受惩罚。我们的狗却只将土抓走咬开，努力使洞扩大，并对着里面的兽凶凶狂吠，这兽会发出奇怪的吵声和喊声来，狗仿佛将这认为侮辱，而且这只足以使它们加倍努力罢了。

有几次，离家一二英里，在平原上骑马的时候，我会遇到我们的狗——全队的，小绵羊也和它们一起，正忙着围攻兔鼠的土筑的村子。有趣的景象！狗会叫着跳起来，并且摇动着尾巴，仿佛是说："你看，我们在这里呢，正在打仗，省不出时间来做友谊的谈话。"于是它们就飞奔回它们的洞那里去。小绵羊也会跳来向我表示欢迎，以后回去尽它的职务。它的事务是从一个洞向另一个洞跳跃，有时从深坑似的洞口跳过去，有时钻下去看看里面的事情进行得怎样了，狗却在那里抓着土，极力要勉强挤进去，并不断和里面的兽互相威吓和侮辱。

不过，黎比在和狗相处的这些时日，虽然给我们的是不断的喜悦，可是我们以为，将这样的时日结束，对它自己是最好的。因为它虽然有那些活动，它的情形还是很好的，任何穷苦的高乔人[1]，遇到它离家几英里，和我们的狗在一块打猎，都有理由这样说："这里有一只很好很肥的动物没有耳戳，因此是没有主人的；虽然我看到它和某某邻人的狗在一处，却不能是他的羊，因为他没有在上面打记号，而且既然是我发现它的，我对它便有权利，从它的外表上看来，我十分确定它的肉在烤好的时候，一定又嫩又香。"

因此我们使黎比离开它的同伴们，将它放到羊群里去，经过相当的时间它会知道，一只绵羊终究是一只绵羊，并不是

1　高乔人（Gaucho）是南美洲西班牙人和西印度人的混血人种。

一条狗。

　　我想很少有老猎人、田野的博物学家，以及一般观察动物生活的人，没有遇到过天性很不同，还有些天然成仇的动物，能够和谐地一同生活，甚至一同活动的例子。我们多半在家养的和驯服的野兽身上可以看到这种情形。我到巴塔哥尼亚访友的时候，有一天带着枪出去打东西，后面跟着些狗，却发现一只黑猫在它们中间，而且在我打第一枪的时候，看到它确实在狗前面冲出去寻拾鸟，我大为吃惊！

　　我的一位老朋友是一个爱动物的人，她的有趣味的回忆之一，是关于一只宠爱的猫和家兔的，它们是从小就一同养大的，总从一个小碟里同吃牛乳，长大时从一个盘同吃。看见它们交换食物是家常事，会看到猫吃力地咬白菜秆，而家兔啃一块骨头。

　　我的朋友特里加然（Tregarthen）君，《地角的野生活》（*Wild Life at the Land's End*）的著者，厚意地刚供给我他所知道的两三个可注意的例子，是关于打猎同被猎的动物结成快乐的伴侣，一同过活的。一个是关于一只驯养的狐，是从小弄来，和捕狐猎犬一同在狗巢里养大的。完全长成的时候，在狗被带出去运动时，它所高兴的游戏，便是疾跑让它们追猎。在被追上时，它总是仰躺下去，让自己被它们咬着玩。它们从没有伤过它。还有便是两个水獭（otter）从小和猎獭犬一同养起来的例子。在一种情形中，獭和犬一同去猎獭；在第二种情况中，獭并没有陪伴猎犬，或者是没有被允许同去，但是猎犬们追猎目的物虽然带着它们天然的热诚和凶猛，却在捉住猎物时任怎样也不咬它或伤它。它们和一只水獭的友谊，对于它们的猎獭犬的天性，发生了一种心理的影响。

——自《博物学者的书》（*The Book of a Naturalist*，1919）译出

多情善感的人论狐狸

在这样非同小可的时期，下面的情形是无可避免的：许多声音提示可以用不同的严厉方法拯救我们自己，其中饲养家禽的农民布朗和斯密司二位的声音同样高，他们呼吁消灭狐狸，说这种措施可以使国家的食品（鸡蛋和小鸡）有可观的增加。同样每年春季，种果树的人提醒我们：假如三四月每周给乡村儿童放一两天假，派他们出去捕杀母野蜂，每送来一只，公家出钱给一个小果子面包，那对国家大有好处。吃熟果实的野蜂，每年6个月中，也贪食对植物生命有害的毛虫和蝇，这事实种果树的人就不提了。狐狸对于农民也有用处，它大量靠老鼠和田鼠过活，但是作为岛上留给我们可以猎取的四足动物，它有更大更高贵的用处，因为没有这种堂皇的游戏，我们的骑兵便要缺乏马匹，也没有合格骑马的人，来对付要毁灭我们的匈奴了。

抛开这些人道主义者会见笑的问题和考虑不说，狐狸是我们不禁要喜爱的生物。因为它像人的朋友和仆人——狗一样，很聪明，对于城市的狗来说，就像奇特、偷窃成性的吉卜赛人对于社会中体面的成员一样。你也可以说它是个坏蛋，不过却是一个红色漂亮的坏蛋，有一副机警伶俐的脸面，毛茸茸的尾巴，在任何绿色的地方遇到它都是蛮好的。这种对狐狸赞赏友好的感情，偶然是使最硬心肠的老猎人良心有愧的原因。"天哪，它应该逃掉！"是猎场并非不常听到的喊声，或者，"我愿我们能够饶了它！"甚至说，"我们杀害它实在不大公平。"

这里让我叙述一个被忘却的关于狐狸的老故事——是约80年前发生的打猎意外事件——并说明首先是怎样传出的。布里顿（J. Briton）是威尔特郡一个小农业村劳动者的儿子，以后是许多大部头论《英格兰和威尔士的美》书籍的作者，他到伦敦做洗瓶人、报童和其他各种事情谋生，生活并不稳定，开始他的野心是自己能发表文字，最后出于他的请求，一位好心的编辑允许他写一段文章，叙述他早年遇到的事情。他写的是一篇狐狸的故事——这是在村里发生的打猎事件，在他童年心里留下了深刻印象。狐狸被紧紧追赶逃命，进了一个村庄，躲到一个劳动者小屋，从厨房门进去，进到里面一间屋子，跳进内有一个婴儿睡觉的摇篮，藏在被下了。婴儿的母亲外出不远，但看到街上大乱，满是狗和骑马的人，便飞奔回家，急急跑到摇篮跟前，拉开小被，看到狐狸蜷卧在婴儿旁边，装着像婴儿一样熟睡。她把熟睡的婴儿抱起来，于是大叫并打狐狸。直到狐狸跳出摇篮，逃开不好客的地方，却在门槛前遇到整群狂叫的狗，很快就被咬死了。

编辑很喜欢这段逸事，不仅把它印出来了，还鼓励小乡巴佬写其他东西，他作为作家的事业就是这样开始的。

虽然我是一个多情善感的人，我并不愿说，狐狸躲在有睡婴的摇篮里假装熟睡，只是为了激发小屋里妇女发母性慈心，以救自己的性命，但是我却要说，而且颇为确信：打猎的和村庄里的人，没有一个不觉得，杀害那只特殊的狐狸不是完全正当的，也不是很公平的事情。

这件逸事使我想起南美的另一件逸事，是一位盎格鲁-阿根廷的朋友告诉我的，那时我们在布宜诺斯艾利斯，一晚坐在一起闲谈，比较鸟与兽生活方式的笔记。那辽远地方的狐狸并不像英国同类是红色；它的厚厚的一层皮是银白色和乌黑色各半，结果成为铁灰色，脸腿和下部带着黄褐色。即便不如我们的红狐狸漂亮，也是蛮好看的动物，同样的尖鼻子，同样厚的绒毛，从心理方面说，也一点没有区别。在那个国度，它并不被留作打猎之用，但因为对家禽有损，很受迫害。

我的朋友在西方边疆养羊，一天冬季傍晚，他一个人在牧场，坐在火旁吹长笛，消磨睡前好几点钟的时光。有两三次他以为听到有人在外面重重压门的声音，但是因为很专心于他的音乐，他并没有留意。慢慢地有清楚的木头吱吱响声，他站起身来，放下长笛，拿起枪，走到门跟前，抓住门闩，很突然地把门打开，一只大狐狸倒在他脚跟前的地板上。原来这只狐狸立起后腿，前腿支在门上，耳朵对着钥匙眼在听悦耳的声音。狐狸在地板上打滚，光亮使它迷糊害怕；于是它立起来，冲出去，但是走不到20码，又立定脚，回头看望，这时枪正放在我朋友的肩头。没有时间思考，不一会罗伯特（我们有时这样叫狐狸）在地上流血身死。

我不欢喜他的故事结尾，从他的神色看来，我也幻想，为了杀害那只特殊的狐狸，他是憎恶自己的，并后悔告诉我这件事。

还要说的另外一个例子中，狐狸是在英格兰，它也遇到了灾难，十分危险，但是不仅一次，却两次被救，因为有时间思考。这是在西德茅斯一位老渔夫告诉我的，在那个地方知名为"沙姆大叔"，他像我一样，是个十足的多情善感的人，鸟与兽对于他就如同人一样。在1887年，他忙着在城西海岸一座高高的土山上，收集材料，准备大燃篝火，庆祝维多利亚女王第一个纪念节日。有一天完工下来的时候，他遇到一群兴奋的孩子，都拿着刚从附近树林砍来的又粗又长的木棍。

沙姆大叔把他们叫住，告诉他们说，他很知道他们要干什么；他们要用木棒打树丛捉鸟，他决心阻止他们做这样的事。孩子们全体高叫否认他们有这样心意，并告诉他说，他们发现一只狐狸被钢夹捉住了，一只前腿被夹坏，因为或许过很长时间设钢夹的人才会前来，他们要去用木棒把狐狸打死，结束它的不幸。沙姆大叔说，不如救活它的性命，便请孩子们领他到那地方去。他们这样做了，那里确实有一只好看的大狐狸，一条腿被夹住，膝以上被夹坏了。它发着野蛮脾气，耳朵向后，露着牙齿，准备对那群人拼命自救。沙姆大叔让孩子们站在受苦的兽前面，用木棒逗它，装着要打它的头。他同时把自己的木棒放到捕夹竿上，向下一按，使夹齿放松，狐狸立刻得到自由，一蹿跳开，跑进树林，他们看不到了。

一年或稍后，沙姆大叔听人说到他所救的狐狸，三条腿的，夹坏的腿落掉了或者被咬掉了。人们是在靠近它被夹住的地方看到它的。这在靠近墙似的悬岩的最高处，它在石头间离山顶约40英尺的地方有个安身之处。在悬岩下沙上行走的人，有时看到它的行踪——三条腿的狐狸的足印。没有疑问，它改变了生活方式，一部分靠小蟹和海水冲上来能吃的东西过活，其余靠田鼠或悬岩附近能够得到的小鹿。不管怎样，没有人在离海很远的地方遇到过它，而且没有被猎的危险，因为它永远靠近悬岩上面的堡垒。

有一天，一个当地的佃农背枪出来，在悬岩附近一处落叶松林中一条窄路上迅速行走，寻找野兔，同三条腿的狐狸迎面相遇。他立即停住，狐狸也是如此。枪放到肩上，手放到扳机上了，因为在英格兰，狐狸太多时，就用枪打死，这是事实，无论怎样，对狩猎来说这是一个无用的动物，因为它只有三条腿。但是在手指触动扳机之前，农民心里想，这个动物对他未加伤害，于是他说，"为什么我要杀害它呢？我要让它保存着生命"。所以狐狸又逃脱了。

时时听到三条腿狐狸更多的消息，我听说，这一直继续到最近——一直到4年之前。假如我们可以假设狐狸被夹时两三岁，四五年以前命终，它约活了26年。这比家养的狗寿命长多了，而且就我所知，狐狸也许还在活着，或者假如死了，也许是意外结束了它的生命。

——自《博物学者的书》（*The Book of a Naturalist*，1919）译出

不满意的松鼠

有一天，我忙着去办事，顺着一条街匆匆前进，看见一家旧家具铺门外有一堆书皮破旧的书，我突然停住了。我不需要旧书，也抽不出时间；我的动作是纯粹不由自主的，像一匹被旅行人骑或赶的老马，因为旅行人常在酒店吃点东西，马到路旁酒店前就停住了。书堆上头有一本蓝色封面的小册子或小书，书名是《不满意的松鼠》，引起了我的注意。它似乎触动了一根弦，但是我不知道是什么弦。我把小书拿起来，打开，看到第一页上有一张粗糙旧木刻，刻的是一只正吃干果的松鼠。

旧画看来面熟，但是我依然莫明其妙，直到把正文读了几行，我才立即把小书放下，比以前更快前进，弥补失去的时间。

嗜，原来是不满意的松鼠，那可爱的古老小动物！全部儿童故事突然回到记忆中了，因为在 7 岁时，我一而再，再而三地读过这个故事；虽然在以后翻腾过的几百箱旧书中，或在19 世纪出的任何儿童丛书中，我都没有发现过它。我有一时也稍稍收集过这类文学，其他人还大量收集过。我有时惊奇，为什么没有善于经营的出版家创办一种儿童丛书，把许多可爱的小书救出来，不致完全被忘却。毫无疑问，他会发现，最好的时期是从 1800 年到差不多 1840 年。

照我所记，我前进时向自己叙述的故事是这样的：从前，一只松鼠生活在树林里面，是我们愿意见到的丰满、调皮而又快乐的松鼠。它有一棵喜爱的古老的大橡树，这就是它的家，夏季快要结束的时候，它就在树根下一个洞里做个温暖的巢消遣；也储藏当时林里很多的榛子。它做这种事，并没有什么理由，也没有想到有什么用处，只是因为做这种事是松鼠的古老习惯。

它正这样忙着的时候，突然理会到鸟既不安，又不兴奋，它问长羽毛的邻居，它们忙些什么，鸟对它的无知吃惊，回答说它们忙着移栖别处。什么是移栖呢？对鸟提问，真是一个可笑的问题！但是它们屈尊告诉年轻无知的朋友说，移栖就是离开一个地方逃避冬季。因为现在冬季就要来了，这时树无叶子，白天又短又黑，湿而多风的严寒季节，湖同河上都结了冰，可怕的白雪覆盖着大地。

它们到什么地方逃避这些可怕的变化呢？

它们要到没有冬季的地方去；在那里树整年常青，花总盛开，干鲜水果总不断成熟。

"美丽的地方呀！幸福的鸟呀！"松鼠想。"但是这个合意的地方在哪里呢？"它问。

"在那一边。"鸟回答说，指着南方，仿佛那地方十分近。"我们可以看到那边的青山，"鸟补充说，"就在山那一边。"

这些消息使松鼠大为振奋，它用全部时间去追赶询问它所认识的每一只鸟。它问："移栖什么时候开始呢？"

它们对这个问题发笑，并说前些时已经开始了，目前也还在进行。东亚雨燕早就走了，欧夜莺也走了，布谷鸟也走了，其他的鸟就要跟着走。

布谷——它自己的邻居和熟朋友呀！哎，这是它几天没有见到它的原因了！于是松鼠不快乐的时间开始了，它的不满逐日逐时增长。逐渐发黄的树叶，寒冷的黄昏和长夜，使它满心害怕即将到来的变化，最后它决心不愿忍受。它的所有长羽毛的邻居和朋友都匆匆忙忙到更好的地方去了，它为什么还要待在这个地方呢？

下了决心移栖，它天亮便起身，向南方的青山走了许多英里，结果山比它原来想的要远多了。下午很晚了，它才到了山麓，比它一生中什么时候都疲劳脚酸。不过它决心不让步，要在天黑前翻过山去，在翻山的时候，或者从山顶可以看到它向那里旅行的美丽地方。所以它上呀，上呀，一分钟一分钟地越来越觉疲累，直到它对到达山顶都开始绝望了。它没有到达山顶；山太高了，在令人疲累的长长一天之后，软弱饥饿使它筋疲力尽。再说，它越向上去，山就越荒凉贫瘠，直到它自己所在的地方全是石头，没有树和矮丛，甚至连草也没有；这里找不到食物，也没有躲避寒冷狂风的棚棚。

它不能前进了，山顶还在它上面很远很远呢。在石头地面上躬起背来，鼻子放在爪和拖在身旁的尾巴中间，它对自己的处境加以考虑。

为什么它没有估计到，它并不能像一只鸟一样，有两翼可以穿空飞行，能飞过山河和大片荒地呢？它问群鸟要到达青山之外、永有阳光的幸福地方，要多长时间，它们不是漫不经心、仿佛未大思索就答道，"哦，时间不长，依照体力，两星期或三星期"吗？它就没有想到，一只鸟飞半个钟头能比松鼠一整天走得还远！现在已经太晚，它不能再向前进了，它的家又在它身后太远，这时它才记起并考虑这些事。可怜的松鼠呵！你的一切幸福的梦想都凄惨完结了！

在它躬着背坐着，冷得发抖，想着这些凄苦丧气思想的时候，一只过路的鸢看到它了，猝然下降，用爪子抓起它来飞走了。它现在没有什么力量挣扎了，稍稍一动，锐利的弯爪就抓得更紧；即使它能够挣扎，也只能从空气中穿过很长距离，在地上粉身碎骨。

突然间鸟飞得更快更高，因为另一只鸢出现了，追赶第一只鸢，要夺取它抓住的东西。

第一只鸢被松鼠拖累着，摆脱不了迫害它的鸟，两只鸟不一会就很接近了。掠夺的鸟对另一只鸟凶猛下扑，用爪对准了它的背，每次下扑都发出野蛮叫声和嘲弄。它叫道："啊哈，你的速度和穿飞都救不了你啦。丢下那只松鼠吧，假如你不想背上被啄成条条。你记得吗，你这个红色坏蛋，我把从农场抓起来的一只小鸭弄回家的时候，你使我把它丢下？你记得那时你说了什么吗——你说，我有拖累，你却自由自在，所以你比我有利，除非我把小鸭丢下，你要把我的背啄成条条？喂，强盗——海盗！现在谁占上风呀？"

天空中的战斗是可怕的；打击呀，锐叫呀，互相恶狠狠地咒骂呀；但是最后第一只鸢为了用爪保护自己，不得不把松鼠丢下，可怜的小生物像石头一样向地坠落，假如落到地上，会粉身碎骨；幸而它先碰到一棵大树密密的嫩枝和丛叶。这减少了下落的凶势，所以它轻轻地下到下面的树枝上，这时它抓住一个嫩枝，下坠停止了。它受伤流血，吓得半死；但是它渐渐复活过来，于是它欣慰快乐，发现到了家里了——它落在它自己心爱的老橡树上面了！恢复了一点力量之后，它顺着树干爬下来，从它储藏的榛子里吃了两三粒充饥之后，爬进未完成的巢里，蜷伏起来，拉毡子盖住耳朵，迷迷糊糊地沉思，抛弃这样舒服的家，真说不清是怎样糊涂。至于移栖——嘻，"再不干了！"它在入梦时喃喃自语。

在忘却了多年之后，我又向自己重述，这故事很使我欢喜，因为我现在体会到它是一篇正确一类的寓言，实际它是一篇真实的故事——换了话说，它对于动物的性格真实。关于能推理、能谈话的动物的故事，并不总是遵守这一规律，这就使得简练的《伊索寓言》永远为人喜爱。无论作者是否知道，这是一个事实：松鼠时常对环境感到不满，这使得它时常闯出去寻找更好的地方过活；在这样时候，它会跑过，或想法跑过，大片荒芜没有希望的地方。这样，在无树的地区种上树的时候，渐渐松鼠就出现了，尽管最近的它们常来常往的地方远在许多英里之外。这不仅是吉卜赛人流浪习性的偶然发作，因为每年和鸟同时，它也受移栖冲动支配。在有些国家，大群的松鼠同时受到这种影响，看到它们移栖，有许多在渡过太宽太急流的河时淹死了。

我喜欢这个故事，也因为它使我想起，不久以前，诺福克郡临海的韦尔斯的一位老渔民告诉我的，一只松鼠的经历。韦尔斯在离海一英里多一片沼泽边上，有一个港口，一条河，潮水满时，小船可以到达城市。靠近河口，顺着河道，有一行引航的高柱，一天下午，老渔夫看见一只松鼠蜷伏着蹲在最靠外的一根柱子顶上，离水约有30英尺。显然它是穿过霍克汉漠河北岸沙丘上所种的松林来的，但是因为急于顺着河岸向南走，并要穿过到布莱克尼去的大片海水常泛滥的土地，它便跳进河里了，虽是低潮，它发现水流太急，及时爬上了最后的柱子，使自己没有被带到海里去。现在潮水上涨，河水两面齐岸，可怜的松鼠在柱顶上，正在漩流中间，不敢再冒险下水，既不能前进，也不能回到松林。

渔民回家用茶点。但是两个钟头以后，将近日落，他又漫步回到海边，松鼠还坐在柱顶上面。不一会，有一只渔船从海里进来，船里只有一个年轻人。老人向他呼喊，请他注意杆上的松鼠。"好的，我看到它了。我要想法把它弄下来！"

在漩流的水把船送到离柱约有3码的时候，它向前侧身，伸出一支桨，桨板接触到柱子；桨一触柱，松鼠像电光一闪，从柱顶下来，先跳到桨上，后跳到船里，于是很快爬上船桅，在顶上坐下去。

松鼠并没有理解人的友好心意，它的闪电一样迅速的活动并不是理智或本能促成的，却是我们有些相信的一种直觉的功能使然，它使受到毁灭威吓的动物立刻采取可以自救的行动。

被急流的浪推动，船迅速前进，一直到了韦尔斯的码头，龙骨刚一接触到登陆的石头，松鼠就从桅杆顶上迅速跳下，直奔船头，飞跃到地上，用最快的速度向城市飞跑。一群在码头上玩耍的孩子看到它了，便狂叫"松鼠！松鼠！"在它身后追去了。幸而附近没有狗；松鼠比孩子们跑得快，远远跑在前头，在煤车、货车、马匹、卸货人中间左躲右闪，穿过他们，又穿过一条海岸边上道路，进了一条通到城市较高部分的狭窄街道。在这里有更好高声嚷叫的孩子加入追逐，街上的人从屋里跑出来看看嚷叫什么。

窄街到了尽头，前面有一堵10英尺高的长砖墙，松鼠爬上墙去，脚不滑也不停止，迅速得如履平地，跳过墙头，进到那边的果园里去了。年轻的野蛮小子们高叫前进的浪潮，被墙堵住了，就像被面朝海洋的悬岩堵住了一样。

这是一场漂亮的表演，松鼠现在可以在有果有荫的隐蔽地方平平安安地待下来了，因为园主是一个在屋里过隐世生活的人，对一切野生动物都友好，不准猫狗和高嚷狂叫现形为男童的魔鬼闯入他的神圣的果园。

但是这对松鼠并不适宜：城市的闹声和光亮，晚上儿童们玩耍时的锐叫，童子军的鼓和横笛队，使它总处于担惊受怕状态。松鼠是神经质的生物。没有疑问，在那天夜里城市安静入睡的时候，它爬后面墙，穿过其他果园和花园，到了墙外不加修整的老树篱，顺着那里一直到了霍克汉漠公园，一大片绿色寂静的地方，有许多古老的大树，它大概在其中一棵树上首先看到阳光呢。

在那里，又回了家，它或者像寓言中不满意的松鼠一样，再不尝试移栖改善自己的生活了。

——自《博物学者的书》（*The Book of a Naturalist*，1919）译出

一匹马的故事

　　我还很年轻，住在南美大草原的时候，我所认识的一位草原牧羊人有一匹心爱的骑乘的马，他给马起个名字叫克里斯提阿诺。对于草原牧羊人，"克里斯提阿诺"就是白种人的意思。他所以给它起这个名字，因为它的一只眼睛是浅碧灰色，几乎是白色了，这种颜色有时在白种人眼中可以见到，在印第安人的眼睛中是绝对没有的。另外一只眼睛正常，不过比平常的黄褐色要浅得多。克里斯提阿诺的两只眼睛可看得同样好，不像白猫，一只碧眼，同时必然耳聋。它的听觉十分特殊。它是浅黄褐颜色，鬃和尾是黑色，全体看来，是一匹漂亮健壮的好马；它的主人极为喜欢它，他很少骑别的马，而它通常总是天天备着鞍。

假如它只是有一只碧色眼睛，我大概会把克里斯提阿诺忘记了，因为关于它我没做什么记录，但是直到今天，我还清清楚楚记得它，因为在它的心理方面，有点令人注意的东西：它的例子证明饲养它的环境很有影响，早年形成的习惯在对它的生活毫无意义时仍然保留着。每次我同草原朋友在一起，他心爱的克里斯提阿诺同其他骑乘的马匹一同拴在小屋门前一排系马柱上，我的注意力总会被它的奇怪行为吸引住。它的主人总用一条长长的系马绳把它拴在柱上，使它有自由活动头和全身的余地。这正是它总在做的事情。我从未看过更为不安静的马。它的头总尽量抬高——草原牧人会说，像鸵鸟一样——兴奋地定睛注视着远方的什么东西；不一会它又会转转身，向另外一个方向凝视，耳朵向前倾听触动听觉的远远的轻微声音。最激动它的声音一般是田凫（lapwing）的惊叫，它显出很大恐惧，定睛凝视的东西总常是地平线上骑马的人；但是这些声音和物象，因为离得远，总有一时是我们听不到，看不见的。偶然在鸟的惊叫声大起来，远处的骑马人越来越近的时候，它就越来越兴奋，直到发出响亮的嘶叫——是野马惊恐鸣警的声音。

有一天，我对草原牧人朋友说，他的碧眼克里斯提阿诺比其他我所知道的马，都更使我开心。它像孩子一样，拴在系马柱上单调站着觉得厌倦时，便玩起站岗的游戏来。它会想象是作战的时候，或预料印第安人要进犯，田凫或其他惊鸣的鸟一叫，或看到远方骑马的人要来，它都会发出警告。但是其他的马并不加入这个游戏；它们让它守望，向这边或那边转身，窥探或假装窥探到什么东西，高吹它的号角，一点也不留意。它们就只低头打盹，偶然摇摇尾巴把苍蝇赶走，或跺跺蹄子驱逐腿上的苍蝇，或者用舌头舔舔马嚼子，使缰辔上的滚轴发出响声。

他笑了，说我错了，克里斯提阿诺并不是发明了一种游戏自己消遣。它是野生的，约在十来英里以外的地区，有一大片沼泽地，不宜骑马狩猎。那地方原有一大群野马，剩下不多了，直到近年来还能自由自在。在干燥季节，地面不那么糟糕，它们常被狩猎，所以它们变得极为机警伶俐，一见到骑马的人，它们便会飞奔到无法到达的沼泽地带。最后人们拟订了计划，马群被从据点赶到开旷的田野，那里地面是坚固的，许多野马被俘获了。克里斯提阿诺是其中的一匹，是有四五个月大的小马驹，它的碧眼和浅黄褐色使我的朋友喜爱，他把它留下了。在很短的时间内，马驹便养驯了，养驯以后成为非常好的骑乘马匹。但是虽然这样小就被猎获，它的野性警惕习惯却并没有丢掉。它绝不能安安静静：同其他的马一同吃草，或拴在系马绳上站着的时候，它总是守望着，鸻科鸟的鸣声、飞奔的马蹄声、骑马人的身影都会使它震惊，并使它鸣警。

虽然克里斯提阿诺一听到什么声音，或看到什么东西，就显然激动，却绝不惊慌失措，也绝不试着挣脱并逃跑——这使我觉得有点奇怪。它的活动仿佛显得鸻科鸟的鸣声、飞奔的马蹄声、骑马人的身影只产生一个幻象——它又成为被狩猎的野马——可它并不凭这个幻象活动。它显然只是一种习惯和回忆。

———自《博物学者的书》（*The Book of a Naturalist*，1919）译出

友好的老鼠

我们的许多动物，还有许多爬行生物，例如普通的癞蛤蟆、黄条背蟾蜍、蝾螈（newts）、蜥蜴（lizard），更奇怪的是，有许多昆虫，被人养训，作为宠物。

獾（badger）、水獭、狐狸、野兔、田鼠，这倒容易办；但是要有人想爱抚刺猬（hedgehog）一样满身是刺的生物，或平平小头的黄鼠狼那样凶残嗜血的哺乳动物，那就似乎很奇怪了。蜘蛛也是令人不舒服的宠物；你不能爱抚它们，像不能爱抚睡鼠（dormouse）一样；你最多只能弄一只干净的玻璃瓶让你的蜘蛛在里面生活，训练它听到吉他似的乐器或小提琴的乐声，就出来从人的手指间弄去一只苍蝇，再回到瓶里去。

笔者有一位相识，偏偏喜欢拿小毒蛇做宠物，他随意盘弄它们，像学童玩耍颈部有黄条纹的无毒蛇一样。本杰明·基德（Benjamin Kidd）先生有一次令人愉快地向我们描述他的宠物野蜂：这些野蜂在他的屋里飞来飞去，喂食时一叫就来，它们对他上衣的扣子表示极大的兴趣，每天查看它们，仿佛急于找出它们的真实意义。我的老朋友霍普列（Hopley）女士对两栖动物写过专著，最近99岁去世了，她驯养蝾螈，但是她喜欢的宠物是一条蛇蜥（slow worm）。她谈起它的可爱特点从不厌倦。我们觉得格雷（Grey）子爵宠爱的松鼠更逗人爱，在诺森伯兰郡（Northumberland）树林中有许多野松鼠，它们很快发现何时何地可以安居，便进入人家，爬墙，闯进图书馆，跳上写字台，从子爵手里得到干果。笔者另外一位诺森伯兰郡的朋友，养一只，或曾经养过一只水老鸦[1]做宠物，看得出它养在家里同活在野外同样贪馋。在附近一条河里整早捕食了鱼之后，还叫着要喂，准备把能得到的肉和布丁统统吃掉。

奇怪生物的名单开列起来无限，其中甚至还包括鱼。但是谁曾听说过，养驯老鼠做宠物？不是人工养育的红眼小白鼠，从以此做买卖的人那里都可以买到的，而是普通的皮肤黝黑的老鼠，在英国最常见也最讨人厌恶的野鼠。可是这种奇迹最近在西康沃尔（West Cornwall）的里兰特村看到了。这是一个奇

---

1 cormorant，即鸬鹚。——编者注

怪的故事，有点悲惨，同时也颇有趣。

这不是"野性被仁慈所征服"。老鼠把自身和它的友谊送给村庄里的一个妇女；她没有孩子，在住室和厨房里多半孤孤单单，对于它的来访并不觉得不高兴；正相反，她却喂它，老鼠回报她，对她越熟越友好，她对老鼠就越喜爱。麻烦的是她有一只猫，很好很温顺，不常在家，但是想到它会随时回来，若是她的客人正来拜访她，那么会发生什么事，是怪可怕的。有一天，老鼠在场时，猫走进来了，高声咪咪叫着，尾巴挺直地翘起来，显出平常的好脾气。一看见老鼠，它似乎本能地知道，老鼠是受另眼看待的客人，老鼠也似乎凭本能知道，没有什么可以害怕的。无论怎样，猫鼠很快成了朋友，显然乐意在一块，因为它们现在多半时间同在屋内，在同一个盘子喝牛奶，缩在一起睡觉，极为亲密。

不久老鼠开始在厨房一个碗橱底下做巢，显然老鼠很快要生小鼠了。它到处跑来跑去，寻找草毛绳子和它能拾到的任何东西，也偷或要针线包里的零碎羊毛、棉花或线头。碰巧它的朋友是这么一种猫：脸两面长着大撮软毛，这种猫并不是不常见的，古怪得像一个维多利亚中期的绅士，腮两边长着丝柔的颊须，下垂像另外一副胡须。老鼠突然发现了：猫的这种软毛，正是它要加在巢里的东西，这样它的红色的小鼠就可以生到最柔软的地方了。它立刻就开始拔软毛，猫以为这是一种新的游戏，但是有点粗暴，猫不喜欢，有一会把头躲开，把老鼠赶走。但是老鼠不愿被扔开，坚持跑回来扑上猫脸，拔那软毛，猫发了脾气，用爪打了老鼠。

老鼠跑着躲起来舔自己的伤，无疑对它的朋友因为它改变了嬉戏方法而突然改变了脾气，很感到惊讶。结果在养好抓伤之后，又去收集柔软东西的时候，它严格不理睬猫了。它们不再是朋友了，它们在屋内互不理睬。约有一打的小鼠不久出世了，老妇人的丈夫不声不响把它们弄走了，他的老婆养一只老鼠他不介意，但只限于一只。

老鼠很快就不再介意丢失小鼠了，对于它的女主人同从前一样是个亲爱的小宠物；于是新的奇事发生了：猫和鼠又成了很好的朋友！这种幸福情况持续了几个星期；但是，我们知道，老鼠是结了婚的，虽然它的丈夫并没有出过场，实在也不需要它；不久就显然可以看到，更多的小鼠要来了。老鼠是生育极多的动物，它可以让兔早怀孕一个月，结果还胜过40分。

于是老鼠又在同一旧角落里做巢，最后忙着跑来跑去寻找做巢里的柔软材料时，它又发现它的老朋友脸上的美丽软毛正是它所需要的，它又尽力要把毛拔出来。又像以前一样，猫努力使它的朋友离开，用软掌左右打它，有点呼噜怒叫，只是表示它不高兴这样。但是老鼠决心要得到软毛，越把它赶开，它越要得到，直到了决裂关头，猫突然大怒，放开爪闪电一般连打老鼠。老鼠痛苦恐惧从屋里跑出去，以后再没有见到它了，使它的女主人一直悲苦。但是对它的怀念会像花香一样在村里长存——或者在全国只有在这个村里对老鼠怀着这样好感吧。

　　——自《博物学者的书》（*The Book of a Naturalist*，1919）
译出

约翰中午睡觉

这是一种花的长长的名字——3个名字中的一个！毕竟还不算太多，我们有一种更好更常见的花，至少有6个名字，其中一个不像这个有"约翰"的名字有6个字，却有10个字！

春天的时候，我靠着树林或树篱边上，在阴凉的地方散步，寻找并欢迎最初来到的花。这些最初的花是那样高兴活起来，又来到风日中——它们每年最初的难以言传的春日朝气，提醒我们记起失去的童年，在许多暗淡悲伤的岁月中已经丧失死亡了的，现在同花一齐恢复，又同春天的不朽一同变为不朽的了！

在早春的散步中，我们不都经验到这样类似的感情吗？就是一个证券经纪人或证券批发人，见到报春花（primrose）也认识，对于他也是一朵黄色报春花——另外还有一点什么。这点什么使他颤抖。仿佛在散步时他遇到一个神仙似的孩子，在他走近时，把她闪光的头发向后一抖，用笑眯眯的眼睛向上看望他的脸面。

它们都是这样对我。看看这朵白屈菜（celandine），它怎样欢快地闪耀，起来迎接你，伸出双臂，接受意料中的拥抱呵！这里也有我的旧识，白色小友——野生的大蒜——在石篱旁有欢快的一丛；快乐的相遇和快乐的问候！让我弯下身去拥抱它们，吸进它们的温暖气味吧。实在的，有些人不喜欢这种气味，在花高兴吻他们的时候，他们把爱挑剔的鼻子躲开了。但是在一种花没有香味的时候，像这样地方的风信子（hya-cinth）和蓝花耧斗菜（columbine），或甚至红色的缬草（vale-rian）——“美丽的华西”全体发出明亮的粉红色——他们并不显得比对有香味的花更为热爱：例如甜香的紫罗兰，香杨梅（gale），春天的海葱（squill），立金花（cowslip）和许多其他的花，到溪边的薄荷，和石篱边我喜爱的白色小友。

最初的早花随着3、4、5月去了，完全到了6月的时候，我在翠绿的草场上费力前行（这时农民不在跟前），去向更高的花问候并谈话，唉，同时也向它们告别，因为割草人不久就要把它们同草一样割掉了。在这个季节，我辛勤寻找我的老朋友之一，就是“约翰”，和那里的花都同样高，可以同得意扬扬、牛眼那样大的雏菊相比。并不因为它是特别引人的花；我从不认为它漂亮，不过只是一种常见的黄蒲公英形的花罢了。

在外表上，它实在只是花茎又细又高的小型蒲公英，一棵约开半打花。它使我感兴趣，主要因为花名所描写的那种不像花的奇怪行为；也因为它的另一名字及其意义。我的意思说的不是"山羊胡子"，却是第三个英国老名字，现在像许多其他名字一样，对于文雅的耳朵是难听的了，不仅早就被论花的书所排斥，甚至字典也不收录了。我们必须回到旧时的作家，才能见到文字记录：不必回到事事令人讨厌的乔叟，回到伊丽莎白和查理一、二世时代的作家就可以了。不过这个被抛弃的名字在农村仍然被人使用。

我以上所写的关于这种黄花的情形，是到去年夏天为止，我所能说的全部的话；假如在过去，有人向我说，有一天"约翰"对于我会是引起欢乐的奇物，我会发笑的。可是这种奇怪的经验，去年确是使我感受到了。

在康沃尔一个农村，靠近我所住的田家，有一片场地，在冬季我的房主让他的半打母牛在上面吃草；到4月，他把它们赶出去，一个月后，从草场边过，我以为可以使他收割很多饲料草。6月一天早晨，从远处看望草场，使我觉得饲料草质量不会很好，因为全场都变成一片灿烂黄色，草中长了许多一种近似有齿状叶子的高茎黄花。

"你的草场上发生了什么事情啦——里面的黄野草是什么呀？"我问我的房主人。

"哦，那只是——"于是他停住了，及时想到我也是耳朵文雅的那类人。"那是一种黄花。"他说完了话。

"是呀，我看是，"我说，"我午饭后要看看你的花。"

但是午餐的愉快，特别是女主人炒鸡蛋做得特别妙，使我把这件事忘记了。

下午约3点时我出去散步，离住处有半英里路，我从一处高地回望下面的村庄时，我的眼睛停在草场上面，是我们早晨所谈的地方。"现在那个草场是怎么一回事呀？"我自言自语，努力把几乎忘记的事回想起来一些。于是我记起来中午时它纯是一片黄色，现在却是一片深绿，还有点呆死！这是很奇怪的，但是直到第二天早晨我都没有时间观察。约上午10点我去看草场时，我看到全场灿烂夺目，密密的蒲公英形的橙黄花朵放出异彩，那颜色在自然界是最鲜明的；但若不是风摇动高的花茎像一片玉米地，使鲜明的花的颜色同下面的绿色调协，那颜色在明亮的阳光中是会令人目眩的。但正是日光和风的摇动使得它那样奇妙。一片黄金凤花，或长满蒲公英的草场，因为没有活动，产生不了这样效果。花茎上的花越不活动，有感觉的生命在外表上越呆滞，它就越少享受它所呼吸的空气。那些生长在柔顺的高花茎上的花，在风中比渥兹渥斯的水仙花跳得更要欢快。只在一上来的惊喜震动过去之后，我更近地看了看一朵花，我才发现它是"山羊胡子"，家常的"约翰中午睡觉"，和不大体面的——我不敢说是什么！

在这以后，我又每天到草场去三四次，看出花在日出之后一些时候开放，约在10点钟时开到最盛；到中午花开始合起来，但是有一两个钟头变化不太显著，这以后可以看出，草场逐渐失去光彩，逐渐暗淡，直到 3 点钟时，草场逐渐失去光彩，又全成暗绿色了。"约翰"上了床，蜷伏起来，熟睡 17 个小时；它随后并不突然醒来，却缓缓地，慢慢地，打哈欠，揉眼睛，至少两个小时才从床上起来。

我不知道植物生理学的权威对花的这习惯说过些什么，但对于平常人来说，却是异常的或不自然的。我们都知道许多种花（常见的雏菊是一种）晚间合起来，用花瓣盖起花盘，像小孩用手指盖起脸面，这似乎是正当的，自然的，同大自然的法则相符合。我们还没有完全了解花的全部秘密，但是我们至少知道，花的生命和生长来自太阳，并且假设光同热没有了，内部的加工工作就停止了，花就睡觉休息，直到赋予生命的影响回来。其他一切花需要它们能够得到的全部光和热，为什么这一种花就这样异乎寻常地浪费日光呢？"约翰"的"无意识的智慧"找到了一种更容易的方法，用它在一天三四个钟头内，做完其他花一天要用 12 到 16 个钟头所做的事吗？

……

我问我的房主人，他怎能让他的草场搞成这个样子，因为山羊胡子的硬梗，作为冬季的饲料对于母牛是不很好的，他所能说的只是，"它是那样自己来的"；在前两年，只稍稍长了些黄花——他不喜欢提它的名字。但是怎样成为现在这样子，目前可以看清楚了，因为在他割草之前，草场上到处可以看到绒毛球球，撒出无数种子，第二年夏天会生出虽不合意却极美丽的花。睡 17 个钟头懒觉的山羊胡子确实使种子比其他的花早成熟！

那发亮的黄色草场，继续在记忆中闪耀，现在使我想起其他的植物和花来，它们是常见的，并没有什么特殊的吸引力，但是偶然间，却在被弃荒芜的草场（也许多年以前被耕种过）上，有其完全胜利的日子。

在《丘阜牧场的自然》（*Nature in Downland*）中，我曾描写过几种这类情况，在南方丘阜草原地带，一世纪前草地被耕犁永远毁掉了，让大自然在那地点照自己的意思办事。但是我们最常见的大自然美化工作，却是在到处散见的中世纪建筑遗迹上，在古老城堡、寺院和钟楼上长满常春藤，粗糙的石墙上闪耀着绿色、灰色和黄色的苔藓和地衣，虹色的水藻也点缀着黄色的墙花，藤叶的柳穿鱼（toadflax），红色的缬草。大自然就这样使我们的"废墟建筑师"荣耀。

回到更辽远的时代，我在漫步时遇到两次神妙美丽的花产生的效果，一次在罗马帝国修的道路上，这路大概在古罗马时代以后就不用了；另一次在英国的土方工程上，时代更古了。春季的一天，我在靠近多切斯特的丘阜高处骑脚踏车时，发现第一种景色。我所见到的，在我看来像是一条白雪般的宽带穿过绿色小山。到了跟前，我发现旧时罗马的道路，在那里很明显，有更紧密的草皮，有比所穿过的丘阜更绿的颜色，上面密密长满了雏菊，互相挤着的花把下面的绿荫都遮盖住了。这是一种奇怪的景色，因为千千万万朵小花只占住路面，在两旁的绿色丘阜上看不到一朵雏菊，可爱的性质是这样稀有，是这样丰富，又这样微妙，这种美几乎是超自然的了，我不忍心在上面行走或骑车。这像是一条通向更光明的非人间的地方——通向花的乐园的路。

另一处是在威尔特郡的土方工程，大概是几千年前建的，选来装饰它的花是黄色的车轴草。

在威尔特郡的那个地区有许多这样的遗迹，阴森森的壕沟，旁边有时有墙，有时没有，墙上有时一面，有时两面有苔藓。这是一条很深的沟，旁边有一堵 10 到 15 英尺高的墙，平面有 8 到 10 英尺宽。它蜿蜿蜒蜒穿过一个大丘阜，下到宽平的山谷，越过对面的小山，在那一面的耕地里不见了。立在高丘阜或墙顶上，它外表像一条巨大的绿蛇，一英里长的一节节蜷曲身体卧在大地上面。像古罗马绿色的道路一样，土方工程的草皮是和山谷里不同的更鲜明的绿色。

在这个地方，我有一次遇到一个农民，比威尔特郡农民脑筋更为灵活，我同他长谈过去很久的时代。他告诉我说，童年以后，他无数次站着惊奇地看望这个伟大的土方工程，自问干这工程的是什么人。"我常常想，"他说，"他们一定发疯了。因为就是承认他们用得着这样的墙和沟，为什么他们到处都做得弯弯曲曲，不把它们弄成一条直线，节省一多半的劳力呢？"作为回答，我只能提示：这无疑是个古代的土方工程，那时候英格兰还不知道金属工具，白垩必须用石器挖舀出来；当他们遇到了很硬的地方，他们必须转弯绕过去。我也使他确信，他们不会发疯，因为古代人不知道有这种病。

现在在春季，这个土方工程的平顶上，在它横卧在平平的山谷的地方，在沟岸的又平又宽的顶端，都生长着车轴草，这黄花挤得紧紧的，像古罗马道路上的雏菊一样，在两旁绿色的斜坡上看不到一朵花在生长。外表还是一条绿色的蛇，不过现在它的整个背面都是辉煌的黄色。

在春天我梦想南威尔特郡的时候，那时野花正在盛开，是再看望那条奇妙的又绿又黄的巨蛇的时候。

——自《博物学者的书》(*The Book of a Naturalist*, 1919) 译出

动植物译名对照表[1]

adder	蝰蛇
badger	獾
blackbird	乌鸫
blackcap	白颊鸟
bullfinch	红腹灰雀
butter cup	金凤花
cardinal	红冠雀
celandine	白屈菜
chaffinch	鷘（苍头燕雀）

1　对照表为编者所加。——编者注

chats	石䳍
chiffchaff	嚣鸡（棕柳莺）
columbine	耧斗菜
cormorant	水老鸦（鸬鹚）
corncrake	秧鸡（长脚秧鸡）
cowslip	立金花
cuckoo	布谷
dormouse	睡鼠
elm	榆树
fox	狐狸
gale	香杨梅
garden warbler	园莺
goldfinch	金翅雀
grasshopper warbler	蚱蜢雀
green linnet	绿雀（绿红雀）
gull	海鸥
hare	野兔
hedge sparrow	篱雀
hedgehog	刺猬
hyacinth	风信子
jackdaw	穴鸟
kingfisher	翡翠鸟
lapwing	田凫

lark	百灵鸟
linnet	红雀
lizard	蜥蜴
loon	潜鸟
newts	蝾螈
nightingale	夜莺
nightjar	欧夜鹰
otter	水獭
partridge	鹧鸪
pheasant	雉；雉鸡
pipit	田云雀
plover	鸻鸟
primrose	报春花
rail	秧鸡（水秧鸡）
redstart	朗鹟（红尾鸲）
reed warbler	苇莺
robin	知更雀
rooke	乌鸦
sedge warbler	水蒲苇莺
skylark	云雀
slow worm	蛇蜥
spider	蜘蛛
squill	海葱

starling	欧椋鸟
stork	鹳
teal	水鸭
throstle	画眉
thrush	鸫；歌鸫（画眉）
toad	癞蛤蟆
toadflax	柳穿鱼（玄参科植物名）
tree pipit	树鹨
trefoil	车轴草
troupial	金莺（黄鹂）
valerian	缬草
violet	紫罗兰
vole	田鼠
vulture	坐山雕
wagtail	鹡鸰
weasel	黄鼠狼
wheatear	麦鹟；凤头麦鸡
whinchat	草原石鵖
whitethroat	白喉雀
willow wren	柳莺
wood lark	云雀
wood wren	林莺
wren	欧鹪
wryneck	斜颈鸟